DAS LEBEN TOLSTOIS

ROMAIN ROLLAND

VORWORT

I

Romain Rolland hat es vor zehn Jahren — unmittelbar nach Tolstois Tode — unternommen, Leben und Werk eines der drei großen Männer darzustellen, die in Europa den Geist am Ende des 19. Jahrhunderts und zu Beginn des 20. Jahrhunderts tief beeinflußt haben. Dieses Dreigestirn leuchtet und glänzt noch heute unvermindert. Und die junge Generation blickt — obwohl drängendere aus dem Weltkampf geborene soziale Probleme gebieterisch Lösung fordern — zu den drei großen Fanatikern des Erkennens und Fühlens empor. Neben Nietzsche, dem dionysischen Kritiker, und Strindberg, dem durch alle Höllen dieser Welt Gejagten, steht Tolstoi, der Bekenner, Ankläger und Apostel. Ihre Stellung zu Christus kennzeichnet vielleicht am deutlichsten einen wesentlichen Teil ihres Ichs. Alle drei rangen mit ihm. Nietzsche wurde sein gefährlichster Feind (stolz nannte er sich den Antichristen); Strindberg haderte zeit seines Lebens mit ihm, unterwarf sich, beugte die Knie, um als Rebell wieder aufzustehen; nur Tolstoi fühlte sich eins, so eins mit ihm, daß er, ein russischer Junker des 19. Jahrhunderts, der Urchrist selbst zu sein sich vermaß.

Wer war er in Wirklichkeit? — Ein Mensch mit seinem Widerspruch. Kein ausgeklügelt Buch. Sohn eines zaristischen Offiziers und Rousseaujünger; Ketzer und Büßer; Bauer und Weltmann; schwächlich und zäh; ausschweifend und asketisch; eitel und demütig; hemmungslos und selbstkritisch; klarer Erkenner und ewiger Illusionist; anarchistisch und konservativ; Pionier und Reaktionär; Feind der Intellektuellen und selbst ein Geistiger; wild und zart; draufgängerisch und furchtsam; weise und kindlich. Lebenskräftig wie ein gesunder Bauer und von Selbstmordgedanken und Todessehnsucht gequält wie ein morbider Ästhet. Ein Phantast und der helläugigste Realist der modernen Literatur. Immer: ein Fanatiker, ein Besessener. Kurz: ein toller Kerl.

II

Wie hat ihn Rolland gesehen? — Er schreibt als einundzwanzigjähriger Pariser Student — in der Not seines Herzens · einen Brief an Tolstoi, den Sechzigjährigen, dessen Pamphlet gegen die Kunst und die Künstler gerade alle jungen, vor der Verlogenheit der Zeit und der Gesellschaft sich ekelnden Geister in Europa aufgerüttelt hatte. Tolstois Aufklärungsbroschüre „Was sollen wir denn tun?" hatte den jungen Rolland nicht genügend aufgeklärt. Er wollte mehr.

Das Ziel war schon damals: Einheit zwischen Leben und Denken. Aber wie? Der Wahrheitsrigorist, zu dem die jungen Sucher und Stürmer unter den ernsten Künstlern als zu ihrem Führer emporschauten, klagte die Kunst an, verachtete und schmähte die reinsten und mächtigsten Bildner, Beethoven und Shakespeare? Unüberbrückbarer Gegensatz. Wo war seine Lösung?

Tolstoi empfängt den Brief des aus seiner Gewissensqual um Hilfe flehenden jungen Rolland anders als der sechzigjährige Goethe das rührende Schreiben des Dichters der „Penthesilea". Er antwortet ihm in einem achtunddreißig Seiten langen Schreiben, das mit den Worten beginnt: Lieber Bruder, ich habe Ihren ersten Brief empfangen. Er hat mich im Herzen berührt. Mit Tränen in den Augen habe ich ihn gelesen..." Die Mehrzahl seiner Fragen, erwidert Tolstoi, hätten ihre Wurzeln in einem Mißverständnis. Und er versucht noch einmal die von ihm gegen die Überschätzung der Kunst gerichtete Kritik dem jugendlichen Wahrheitsforscher auseinanderzusetzen. Schon in seiner Abhandlung hatte er sich gegen die fragwürdigen Verteidiger der Kunst mit den Worten gewandt: „Sagt mir nicht etwa, daß ich Kunst und Wissenschaft verwerfe. Ich verwerfe sie nicht nur nicht, sondern in ihrem Namen will ich die

Tempelschänder verjagen." Wissenschaft und Kunst seien so notwendig wie Brot und Wasser, sogar noch notwendiger. Aber daß sie ein Lügenleben führen wollen, daß sie den Dualismus zwischen Leben und Handeln fördern, daß sie sich zu „Mitverschworenen des ganzen bestehenden Systems gesellschaftlicher Ungleichheit und heuchlerischer Gewalttätigkeit" erniedrigen, daß sie als Forscher, Dichter, Künstler sich stets zu Stützen der gerade herrschenden Klasse degradieren, das ist es, was die Verachtung des Wahrheitsfanatikers hervorrief. „Die Betätigung von Wissenschaft und Kunst ist nur fruchtbringend, wenn sie sich kein Recht herausnimmt und nur Pflichten kennt... Die Menschen, die berufen sind, den anderen durch Geistesarbeit zu dienen, leiden immer in der Ausübung dieser Arbeit; denn die geistige Welt gebiert nur in Schmerzen und Qualen." Das war es, was die jungen Künstler mit Tolstoi verband: sein Ernst, sein Leidenkönnen, seine Kompromißfeindschaft, seine Unbestechlichkeit, sein absoluter Wahrheitsrigorismus. Das war es, was den jungen Rolland zu Tolstoi hinzog, kurz nachdem er dessen aufwühlende Schrift 1887 gelesen hatte. Das war es, was ihn fast fünfundzwanzig Jahre später dazu drängte, das tragische Leben dieses im Grunde Einsamen zu malen.

III

Wie hat ihn Rolland gesehen? — Er schreibt als einundzwanzigjähriger Pariser Student — in der Not seines Herzens — einen Brief an Tolstoi, den Sechzigjährigen, dessen Pamphlet gegen die Kunst und die Künstler gerade alle jungen, vor der Verlogenheit der Zeit und der Gesellschaft sich ekelnden Geister in Europa aufgerüttelt hatte. Tolstois Aufklärungsbroschüre „Was sollen wir denn tun?" hatte den jungen Rolland nicht genügend aufgeklärt. Er wollte mehr.

Das Ziel war schon damals: Einheit zwischen Leben und Denken. Aber wie? Der Wahrheitsrigorist, zu dem die jungen Sucher und Stürmer unter den ernsten Künstlern als zu ihrem Führer emporschauten, klagte die Kunst an, verachtete und schmähte die reinsten und mächtigsten Bildner, Beethoven und Shakespeare? Unüberbrückbarer Gegensatz. Wo war seine Lösung?

Tolstoi empfängt den Brief des aus seiner Gewissensqual um Hilfe flehenden jungen Rolland anders als der sechzigjährige Goethe das rührende Schreiben des Dichters der „Penthesilea". Er antwortet ihm in einem achtunddreißig Seiten langen Schreiben, das mit den Worten beginnt: Lieber Bruder, ich habe Ihren ersten Brief empfangen. Er hat mich im Herzen berührt. Mit Tränen in den Augen habe ich ihn gelesen..." Die Mehrzahl seiner Fragen, erwidert Tolstoi, hätten ihre Wurzeln in einem Mißverständnis. Und er versucht noch einmal die von ihm gegen die Überschätzung der Kunst gerichtete Kritik dem jugendlichen Wahrheitsforscher auseinanderzusetzen. Schon in seiner Abhandlung hatte er sich gegen die fragwürdigen Verteidiger der Kunst mit den Worten gewandt: „Sagt mir nicht etwa, daß ich Kunst und Wissenschaft verwerfe. Ich verwerfe sie nicht nur nicht, sondern in ihrem Namen will ich die Tempelschänder verjagen." Wissenschaft und Kunst seien so notwendig wie Brot und Wasser, sogar noch notwendiger. Aber daß sie ein Lügenleben führen wollen, daß sie den Dualismus zwischen Leben und Handeln fördern, daß sie sich zu „Mitverschworenen des ganzen bestehenden Systems gesellschaftlicher Ungleichheit und heuchlerischer Gewalttätigkeit" erniedrigen, daß sie als Forscher, Dichter, Künstler sich stets zu Stützen der gerade herrschenden Klasse degradieren, das ist es, was die Verachtung des Wahrheitsfanatikers hervorrief. „Die Betätigung von Wissenschaft und Kunst ist nur fruchtbringend, wenn sie sich kein Recht herausnimmt und nur Pflichten kennt... Die Menschen, die berufen sind, den anderen durch Geistesarbeit zu dienen, leiden immer in der Ausübung dieser Arbeit; denn die geistige Welt gebiert nur in Schmerzen und Qualen." Das war es, was die jungen Künstler mit Tolstoi verband: sein Ernst, sein Leidenkönnen, seine Kompromißfeindschaft, seine Unbestechlichkeit, sein absoluter Wahrheitsrigorismus. Das war es, was den jungen Rolland zu Tolstoi hinzog, kurz nachdem er dessen aufwühlende Schrift 1887 gelesen hatte. Das war es, was ihn fast fünfundzwanzig Jahre später dazu drängte, das tragische Leben dieses im Grunde Einsamen zu malen.

Das Licht, das mit Tolstoi erlosch, war für unsere Generation das klarste, das unsere Jugend erhellte. In der schwerumschatteten Dämmerung zu Ende des 19. Jahrhunderts war er der trostbringende Stern, dessen Anblick unsere Seelen anzog und ihnen Frieden gab. Aus dem Kreis derer, für die Tolstoi weit mehr war als ein verehrter Dichter, für die er der beste — und für viele der einzige wirkliche — Freund in der ganzen europäischen Kunstwelt war, möchte ich diesem geheiligten Andenken meinen Zoll der Dankbarkeit und Liebe entrichten.

Die Tage, da ich seine Werke kennenlernte, werden nie aus meinem Gedächtnis schwinden. Es war 1886. Nach einigen Jahren stillen Keimens brachen die wunderbaren Blüten russischer Kunst aus dem Boden Frankreichs hervor. Die Übersetzungen Tolstois und Dostojewskis erschienen mit fieberhafter Hast gleichzeitig in allen Verlagshäusern. Von 1885-1887 wurden in Paris „Krieg und Frieden", „Anna Karenina", „Kindheit und Knabenalter", „Polikuschka", „Der Tod des Iwan Iljitsch", „Geschichten aus dem Kaukasus" und die „Volkserzählungen" veröffentlicht. Innerhalb einiger Monate, einiger Wochen, breitete sich vor unseren Augen das Werk eines ganzen großen Lebens aus, in dem sich ein Volk, eine neue Welt spiegelte.

Ich war damals gerade in die „Ecole Normale" eingetreten. Wir Kameraden waren sehr verschieden voneinander. In unserer kleinen Gruppe, die realistische und ironische Geister wie den Philosophen George Dumas, Dichter, die in Liebe zur italienischen Renaissance glühten, wie Suarès, Anhänger der klassischen Tradition, Stendhalianer und Wagnerianer, Atheisten und Mystiker umfaßte, in dieser Gruppe gab es häufig Wortgefechte, kamen häufig Mißstimmungen auf; aber während einiger Monate einte uns die Liebe zu Tolstoi fast alle. Jeder liebte ihn zweifellos aus einem anderen Grunde; denn jeder fand sich selbst in ihm wieder, und für alle war er die Pforte, die ins unermeßliche All führte, die Offenbarung des Lebens. Um uns her, in unseren Familien, unseren Provinzen erweckte die gewaltige Stimme, die von den äußersten Grenzen Europas her ertönte, zuweilen ganz unerwartet, dieselben Sympathien. Ich entsinne mich, daß ich einmal zu meinem größten Erstaunen Leute aus meiner Niverner Heimat, die sich keineswegs für Kunst interessierten und fast nichts lasen, mit verhaltener Rührung über den „Tod des Iwan Iljitsch" reden hörte.

Ich habe bei hervorragenden Kritikern die Behauptung gelesen, Tolstoi verdanke seine besten Eingebungen unseren romantischen Schriftstellern: George Sand und Victor Hugo. Ohne darüber zu streiten, daß man wohl kaum von einem Einfluß der George Sand auf Tolstoi sprechen kann — zumal da er sie nicht ausstehen konnte —, und ohne den viel tatsächlicheren Einfluß, den Rousseau und Stendhal auf ihn ausübten, zu leugnen, wäre es doch falsch, die Größe Tolstois und seine Macht, uns zu fesseln, seinen Ideen zuschreiben zu wollen. Der Ideenkreis, in dem sich seine Kunst bewegt, ist eng begrenzt. Tolstois Stärke beruht nicht in den Ideen, sondern im Ausdruck, den er ihnen gibt, in dem persönlichen Ton, der Prägung des Künstlers, der Atmosphäre, in der er lebt.

Ob die Ideen Tolstois entlehnt waren oder nicht — wir werden später noch darauf zurückkommen —, es ist noch niemals in Europa eine Stimme erklungen, die seiner gleich gekommen wäre. Wie anders sollte man den Schauer der Erregung erklären, der uns damals befiel, als wir diese Seelenmusik hörten, auf die wir so lange gewartet hatten und die uns so sehr not tat. Die Mode sprach bei unserem Gefühl nicht mit. Die meisten von uns, auch ich, lernten das Buch von Eugen Melchior de Vogüé über den russischen Roman erst kennen, nachdem sie Tolstoi gelesen hatten; und seine Bewunderung erschien uns matt im Vergleich zu unserer. De Vogüé urteilte hauptsächlich als großer Literaturkenner. Aber für uns genügte es nicht, das Werk zu bewundern, wir lebten es, es war unser. Unser durch seinen brennenden Lebenshunger, durch sein jugendliches Fühlen. Unser durch seine Ironie, die uns die Binde von den Augen nahm, durch seinen schonungslosen Scharfblick, sein Wissen um den Tod. Unser durch seine Träume von brüderlicher Liebe und Frieden unter den Menschen. Unser durch seine furchtbare Anklage gegen die Lügen der Zivilisation. Durch seinen Realismus und seinen Mystizismus. Durch seinen Erdgeruch, seinen Sinn für die unsichtbaren Mächte und sein Erschauern vor dem Unendlichen.

Diese Bücher sind vielen von uns das gewesen, was der „Werther" seiner Generation war: der wundervolle Spiegel unserer Liebeskräfte und unserer Schwächen, unserer Hoffnungen, unserer Schrecken und unserer Entmutigungen. Es machte uns weder Sorge, alle diese Widersprüche in Einklang miteinander zu bringen, noch diese vielgestaltige Seele, in der das Weltall widerhallte, in enge religiöse oder politische Kategorien zu zwängen, wie es die meisten tun, die in letzter Zeit über Tolstoi gesprochen haben, weil sie sich nicht von dem Streit der Parteien freimachen konnten und ihn nach der Stärke ihrer eigenen Leidenschaften, nach dem Maßstab ihrer sozialistischen oder klerikalen Kreise beurteilten. Als ob unsere Kreise den Gradmesser für ein Genie abgeben könnten!... Was gilt es mir, ob Tolstoi meiner Partei angehört oder nicht! Kümmert es mich, zu welcher Partei Dante und Shakespeare gehörten, wenn ich einen Hauch ihres Geistes spüre und ihr Licht in mich aufnehme?

Wir sagten uns keineswegs wie diese Kritiker von heute: „Es gibt zwei Tolstoi, den vor dem Wendepunkt und den nach dem Wendepunkt; der eine ist der gute, und der andere ist es nicht." Für uns gab es nur e i n e n , und wir liebten ihn restlos. Denn wir fühlten instinktiv, daß in solchen Herzen alles übereinstimmt, alles in Verbindung miteinander steht.

Was wir mit dem Instinkt fühlten, ohne es uns erklären zu können, das soll unser Verstand heute beweisen. Heute können wir es, nachdem dieses lange Leben sein Ende erreicht hat und sich den Augen aller unverschleiert mit beispielloser Offenheit und Aufrichtigkeit darbietet. Was uns sofort auffällt, ist, wie sehr sein Leben sich von Anfang bis zu Ende gleich blieb, trotz der Schranken, die man von Strecke zu Strecke hat aufrichten wollen, — trotz Tolstoi selbst, der, wenn er liebte, wenn er glaubte, wie alle leidenschaftlichen Menschen geneigt war zu meinen, daß er zum erstenmal liebe, zum erstenmal glaube, und jedesmal von da ab den Anfang seines Lebens datierte. Den Anfang und immer wieder den Anfang. Wie oft hat sich dieselbe Umwälzung, derselbe Kampf in ihm abgespielt! Man kann nicht von der Einheit seines Denkens sprechen es gab nie eine solche —, wohl aber von dem Vorhandensein der verschiedenen Elemente in ihm, die bald miteinander verbündet, bald einander feindlich, öfter aber einander feindlich waren. Die Einheit beruht weder im Geist noch im Herzen eines Tolstoi, sie beruht im Kampf der Leidenschaften in ihm, in der Tragödie seiner Kunst und seines Lebens.

Kunst und Leben sind vereinigt. Nie waren Werk und Leben inniger vermählt; das Werk hat beinahe durchgängig autobiographischen Charakter; von seinem fünfundzwanzigsten Lebensjahr an läßt es uns Tolstoi Schritt für Schritt in den widerspruchsvollen Erfahrungen seiner abenteuerlichen Laufbahn verfolgen. Sein Tagebuch, das er vor seinem zwanzigsten Jahre begann und bis zu seinem Tode fortgeführt hat, die Angaben, die er Birukow zu dessen bedeutender Tolstoibiographie machte, vervollständigen diese Kenntnis und geben uns nicht nur Gelegenheit, beinahe Tag für Tag in Tolstois Innerem zu lesen, sie lassen uns auch die Welt, in der sein Genie wurzelte, und die Seelen, von denen seine Seele zehrte, wiedererstehen.

Ein reiches Erbe. Von beiden Seiten ein sehr vornehmes und sehr altes Geschlecht — die Tolstoi und die Wolkonski —, die sich rühmten, bis auf Rurik zurückzureichen, und ihren Stammbaum auf Waffenbrüder Peters des Großen, auf Generäle aus dem Siebenjährigen Krieg, Helden aus den napoleonischen Kämpfen, Dekabristen und politische Verbannte zurückführten. Familienerinnerungen, denen Tolstoi einige seiner eigenartigsten Gestalten in „Krieg und Frieden" verdankt: der alte Fürst Wolkonski, sein Großvater mütterlicherseits, ein später Repräsentant jener von Voltaireschem Geist durchsetzten, selbstherrlichen Aristokratie zur Zeit Katharinas II.; Fürst Nikolaus Gregorewitsch Wolkonski, ein Vetter seiner Mutter, der bei Austerlitz verwundet und vor den Augen Napoleons vom Schlachtfeld aufgelesen wurde wie der Fürst Andrej; sein Vater, der einige Züge von Nikolaus Rostow hatte; seine Mutter, die Prinzessin Marie, die sanfte Häßliche mit den schönen Augen, deren Güte „Krieg und Frieden" durchleuchtet.

Er kannte seine Eltern kaum. Die reizenden Schilderungen in „Kindheit und Knabenalter" enthalten, wie man weiß, wenig Tatsächliches. Seine Mutter starb, als er noch nicht zwei Jahre alt war. Er konnte sich demnach nicht des geliebten Angesichts erinnern, das sich der kleine Nikolaus Irtenjew durch einen Schleier von Tränen hindurch heraufbeschwört, jenes Angesichts mit dem strahlenden Lächeln, das Freude um sich verbreitete...

„Ach, wenn ich dieses Lächeln in schweren Augenblicken sehen könnte, dann wüßte ich nicht, was Kummer ist...".

Aber sie vererbte ihm zweifellos ihren vollkommenen Freimut, ihre Gleichgültigkeit gegen die öffentliche Meinung und, wie man uns versichert, ihre wundervolle Begabung, selbsterfundene Geschichten zu erzählen.

An seinen Vater hatte er immerhin einige Erinnerungen. Er war ein liebenswürdiger Spötter mit traurigen Augen, der in unabhängiger Stellung und bar jeden Ehrgeizes auf seinen Gütern lebte. Tolstoi war neun Jahre alt, als er ihn verlor. Dieser Todesfall „brachte ihm zum erstenmal die rauhe Wirklichkeit zum Bewußtsein und erfüllte sein Herz mit Verzweiflung". Es war das erste Zusammentreffen des Kindes mit dem Schreckgespenst, dessen Bekämpfung ein Teil seines Lebens und dessen Verklärung und Verherrlichung der andere gewidmet sein sollte... Spuren dieser Angst kommen in einigen unvergeßlichen Zügen der letzten Kapitel der „Kindheit" zum Ausdruck, wo die Erinnerungen auf die Erzählung vom Tode und vom Begräbnis der Mutter übertragen sind.

In dem alten Hause in Jasnaja Poljana blieben fünf Kinder zurück, in dem Hause, in dem Leo Nikolajewitsch am 28. August 1828 geboren wurde, und das er, nur um zu sterben, erst zweiundachtzig Jahre später verlassen sollte. Das jüngste, ein Mädchen, namens Marie, die später Nonne wurde (bei ihr suchte der sterbende Tolstoi ein Obdach, als er seinem Hause und den Seinen entfloh). — Vier Söhne: Sergius, ein liebenswürdiger Egoist, „aufrichtig bis zu einem Grade, wie ich es niemals gesehen habe". Dmitri, ein verschlossener Mensch voller Leidenschaft, der sich später als Student mit Ungestüm religiösen Übungen hingab, unbekümmert um die öffentliche Meinung, der fastete, den Armen half, den Siechen Zuflucht gewährte, sich aber plötzlich mit derselben Heftigkeit der Ausschweifung in die Arme warf, dann, von Reue zernagt, ein junges Mädchen, das er aus einem öffentlichen Hause kannte, loskaufte und bei sich aufnahm, und der mit neunundzwanzig Jahren an der Schwindsucht starb. — Nikolaus, der Älteste, der Lieblingsbruder, der von der Mutter die Begabung, Geschichten zu erzählen, geerbt hatte, ironisch, schüchtern und feinfühlig veranlagt, später Offizier im Kaukasus, wo er sich das Trinken angewöhnte. Auch er war voll christlicher Nächstenliebe, lebte in den bescheidensten Verhältnissen und teilte mit den Armen alles, was er hatte. Turgenjew sagte von ihm, daß er „jene Demut dem Leben gegenüber in die Praxis übertrug, die sein Bruder Leo in der Theorie zu entwickeln sich begnügte".

Im Hause dieser Waisen waren zwei großherzige Frauen. Die eine war die Tante Tatjana, die, wie Tolstoi sagt, „zwei Tugenden besaß: Ruhe des Gemüts und Liebe". Ihr ganzes Leben war nichts als Liebe. Sie opferte sich unaufhörlich...

„Durch sie habe ich die sittliche Befriedigung, die Liebe gibt, kennengelernt."

Die andere war die Tante Alexandra, die allen half und nie Hilfe wollte, die ohne Dienstboten auskam, und deren Lieblingsbeschäftigung darin bestand, Lebensbeschreibungen von Heiligen zu lesen und sich mit Pilgern und „Einfältigen" zu unterhalten. Von diesen „Einfältigen" lebten mehrere im Haus. Eine von ihnen, eine alte Wallfahrerin, die Psalmen leierte, war die Patin von Tolstois Schwester. Ein anderer, der „Einfältige" Grischa, konnte nichts als beten und weinen...

„O, guter Christ Grischa! Dein Glaube war so stark, daß du die Nähe Gottes fühltest, deine Liebe war so heiß, daß deine Worte den Lippen entschlüpften, ohne daß dein Verstand sich Rechenschaft darüber gab. Und da du Gottes Herrlichkeit verehrtest und nicht Worte dafür fandest, warfst du dich tränenüberströmt zu Boden!"

Wer sähe nicht den Anteil, den alle diese bescheidenen Seelen an der Entwicklung Tolstois hatten? Es ist, als ob eine von ihnen das Vorbild zum Tolstoi der letzten Jahre abgegeben habe. Ihre Gebete, ihre Liebe legten in den Geist des Kindes die Saatkörner des Glaubens, deren Ernte der Greis reifen sehen sollte. Außer von dem „Einfältigen" Grischa spricht Tolstoi in seinen Erzählungen aus der „Kindheit" nicht von diesen bescheidenen Mitarbeitern, die seine Seele aufbauen halfen. Aber wie leuchtet dafür diese Kindesseele durch das ganze Buch, „dieses reine und liebevolle Herz, gleich einem hellen Strahl, das immer bei den anderen die besten Eigenschaften herausfand", diese außergewöhnliche Empfindsamkeit! Ist er glücklich, dann denkt er an den einzigen Menschen, den er unglücklich weiß, er weint und möchte sich für ihn aufopfern. Er umarmt ein altes Pferd und bittet es um Verzeihung, daß er ihm Leid zugefügt hat. Er ist glücklich zu lieben, selbst wenn er nicht geliebt wird. Schon bemerkt man den Keim seines späteren Genies, seine lebhafte Einbildungskraft, die ihn bei seinen eigenen Geschichten zum Weinen bringt, sein immer arbeitendes Hirn, das stets zu ergründen sucht, an was die Leute denken, seine frühreife Beobachtungsgabe und sein weit zurückreichendes Gedächtnis, den aufmerksamen Blick, der mitten in seiner eigenen Trauer die Gesichter auf die Echtheit ihres Schmerzes prüft. Mit fünf Jahren fühlte er, wie er sagt, zum erstenmal, daß „das Leben kein Vergnügen, sondern ein ernstes Geschäft ist".

Glücklicherweise vergaß er es wieder. Zu jener Zeit vertiefte er sich in volkstümliche Erzählungen, in russische Bylinen, jene mythen- und sagenhaften Träume, in biblische Geschichten — vor allem die erhabene Josephslegende, die er als alter Mann noch als das Muster aller Kunst bezeichnet, — und in Geschichten aus „Tausendundeine Nacht", die jeden Abend im Hause seiner Großmutter ein blinder Erzähler, auf dem Fenstersims sitzend, vortrug.

Er studierte in Kasan mit mäßigem Erfolg. Man sagte von den drei Brüdern: „Sergius will und kann, Dmitri will und kann nicht, Leo will nicht und kann nicht."

Er machte die Zeit durch, die er „die Wüste der Jugend" nennt, eine Sandwüste, über die stoßweise sengende Winde wehen. Die Geschichten aus den Knaben- und Jünglingsjahren sind reich an Bekenntnissen persönlichster Art aus dieser Zeit. Er ist allein. Sein Hirn ist in einem Zustand ununterbrochenen Fiebers. Während eines Jahres entdeckt er von sich aus alle Systeme und versucht sich darin. Als Stoiker unterwirft er sich körperlichen Qualen. Als Epikureer gibt er sich der Ausschweifung hin. Dann glaubt er an Seelenwanderung, um schließlich in einen sinnlosen Nihilismus zu verfallen: es scheint ihm, daß er dem Nichts ins Auge schauen kann, wenn er sich nur schnell genug danach umdreht. Er analysiert sich und analysiert sich...

„Ich dachte nicht mehr an irgendeine Sache, ich dachte, daß ich an irgendeine Sache dachte."

Diese fortgesetzte Selbstzergliederung, diese Denkmaschine, die sich im leeren Raum dreht, bleibt ihm wie eine gefährliche Gewohnheit, die, wie er äußert, ihm oft im Leben schadete, aus der aber seiner Kunst unerhörte Hilfsquellen flossen.

Bei diesem Beginnen hatte er seine ganzen Überzeugungen eingebüßt; so glaubte er wenigstens. Mit sechzehn Jahren hörte er auf zu beten und in die Kirche zu gehen. Aber sein Glaube war nicht tot, er glimmte nur im Verborgenen weiter:

„Trotzdem glaubte ich an etwas. An was? Das könnte ich nicht sagen. Ich glaubte noch an Gott, oder vielmehr, ich leugnete ihn nicht. Aber was für einen Gott? Das wußte ich nicht. Ich leugnete auch Christum und seine Lehre nicht, aber worin diese Lehre bestand, hätte ich nicht sagen können."

Für Augenblicke träumte er davon, Gutes zu tun. Er wollte seinen Wagen verkaufen, den Erlös den Armen geben, ihnen den Zehnten seines Vermögens opfern, sich ohne Dienstboten behelfen... „denn es sind Menschen wie ich". Er schrieb während seiner Krankheit „Lebensregeln" nieder. Darin weist er naiv auf die Pflicht hin, „alles zu studieren und alles zu ergründen: Rechtslehre, Medizin, Sprachen, Landwirtschaft, Geschichte, Geographie, Mathematik, den höchsten Grad der Vollendung in der Musik und in der Malerei zu erreichen" usw. Er hatte „die Überzeugung, daß das Schicksal des Menschen in seiner unablässigen Vervollkommnung liege".

Aber von den Leidenschaften seiner Jugend, von ungestümer Sinnlichkeit und grenzenloser Eigenliebe getrieben, irrte dieser Glaube an die Vollkommenheit unvermerkt ab, verlor seinen selbstlosen Charakter und wurde praktisch und materiell. Wenn er seinen Willen, seinen Körper und seinen Geist vervollkommnen wollte, so geschah es nur, um die Welt zu besiegen und Liebe einzuflößen. Er wollte gefallen.

Das war nicht leicht. Er war damals von affenähnlicher Häßlichkeit: ein rohes, langes und derbes Gesicht, kurze, tief in die Stirn gewachsene Haare, kleine Augen, die einen aus dunklen Höhlen hart anblitzten, eine breite Nase, aufgeworfene Lippen und riesige Ohren. Da er sich über diese Häßlichkeit, die ihn schon als Kind beinahe zur Verzweiflung gebracht hatte, nicht täuschen konnte, gedachte er das Ideal eines „erstklassigen Menschen" zu verwirklichen. Um es wie die anderen „erstklassigen Menschen" zu machen, ließ er sich durch dieses Ideal zum Spiel, zum unsinnigen Schuldenmachen, zur vollkommenen Ausschweifung verführen.

Etwas rettete ihn immer wieder: seine unbedingte Aufrichtigkeit.

„Weißt du, warum ich dich lieber habe als all die andern?" sagt Nekludow zu seinem Freund. „Du hast eine erstaunliche und seltene Eigenschaft: die Offenheit."

„Ja, ich sage immer Dinge, die mir selbst einzugestehen ich mich schäme."

Wegen seiner schlimmsten Verirrungen verurteilt er sich mit schonungslosem Scharfblick.

„Ich lebe geradezu tierisch," schreibt er in sein Tagebuch, „ich bin völlig niedergedrückt."

Und bei seiner Sucht zu analysieren zeichnet er die Ursachen seiner Irrungen bis aufs kleinste auf:

1. Unentschlossenheit oder Mangel an Tatkraft.

2. Selbstbetrug.

3. Unbesonnenheit.

4. Falsche Scham.

5. Schlechte Laune.

6. Unordnung.

7. Nachahmungssucht.

8. Wankelmut.

9. Unüberlegtheit.

Mit demselben Freimut des Urteils bekrittelt er noch als Student die gesellschaftlichen Sitten und die Verbohrtheiten der Intellektuellen. Er macht sich über die Universitätswissenschaft lustig, weist ganz ernsthaft die historischen Studien zurück und läßt sich für die Kühnheit seiner Anschauungen einsperren. — In dieser Zeit entdeckt er Rousseau: die „Bekenntnisse", den „Emil". Das trifft ihn wie ein Donnerschlag.

„Ich trieb Kultus mit ihm. Ich trug sein Konterfei im Medaillon um den Hals wie ein Heiligenbild."

Seine ersten philosophischen Versuche sind Erläuterungen zu Rousseau (1846-1847).

Aber er wird der Universität und der „erstklassigen Menschen" so überdrüssig, daß er nach Jasnaja Poljana zurückkehrt und sich in seine Felder vergräbt (1847 bis 1851); er nimmt wieder Fühlung mit dem Volk und will ihm helfen, will sein Wohltäter und Erzieher sein. Seine Erfahrungen aus jener Zeit verwertet er in einem seiner ersten Werke, dem „Morgen des Gutsherrn" (1852), einer bemerkenswerten Novelle, deren Held Fürst Nekludow ist, ein Deckname, hinter dem sich Tolstoi mit Vorliebe verbirgt.

Nekludow ist 20 Jahre alt. Er hat das Universitätsstudium aufgegeben, um sich seinen Bauern zu widmen. Ein Jahr lang arbeitet er daran, ihnen Gutes zu tun, und wir sehen ihn, wie er sich, bei einem Besuch im Dorf, von der sorglosen Gleichgültigkeit, dem eingewurzelten Mißtrauen, der Gerissenheit, dem Leichtsinn, dem Laster und der Undankbarkeit abgestoßen fühlt. Alle seine Bemühungen sind vergeblich. Er kehrt entmutigt zurück und sinnt über seine Träume nach, die er noch vor einem Jahre hegte, über seine edelmütige Begeisterung, „seine damalige Überzeugung, daß die Liebe und das Gutsein Glück und Wahrheit bedeuteten, das einzig mögliche Glück und die einzig mögliche Wahrheit auf dieser Welt". Er kommt sich besiegt vor, ist voll Scham und Überdruß.

„Als er am Klavier saß, berührten seine Finger unbewußt die Tasten. Ein Akkord stieg auf, dann ein zweiter, ein dritter... Er begann zu spielen. Die Akkorde waren ziemlich ungleich; oft waren sie gewöhnlich bis zur Banalität und verrieten keinerlei musikalische Begabung. Aber er fand dabei ein unerklärbares, trauriges Vergnügen. Bei jedem Harmoniewechsel erwartete er mit Herzklopfen den nächsten Akkord, und was diesem fehlte, ergänzte er ungefähr mit seiner Phantasie. Er hörte den Chor, das Orchester... Und das größte Vergnügen bereitete ihm seine lebhafte Phantasie, die ihm ohne Schranken, aber mit bewundernswerter Klarheit die mannigfaltigsten Bilder und Begebenheiten aus Vergangenheit und Zukunft vorspiegelte..."

Er sieht die liederlichen, mißtrauischen, lügenhaften, faulen und dickfelligen Muschiks wieder, mit denen er gerade erst kurz vorher sprach. Aber diesmal sieht er sie mit all ihren guten

Eigenschaften, nicht mehr mit ihren Lastern; er fühlt sich mit Liebe in ihre Herzen ein; er entdeckt in ihnen Geduld und Ergebung in das sie erdrückende Schicksal, Versöhnlichkeit gegen erlittenen Schimpf, Liebe zu ihren Anverwandten, und er sieht ein, warum sie aus Gewohnheit und Frömmigkeit am Vergangenen hangen. Er sieht ihre Tage, die nutzbringender, gesunder und ermüdender Arbeit gewidmet sind, mit anderen Augen an...

„Wie schön," murmelt er... „Warum bin ich nicht einer der ihren?"

Der ganze Tolstoi steckt schon in dem Helden dieser ersten Novelle, der seine klare Erkenntnis mit seinen nie schwindenden Illusionen vereint. Er beobachtet die Menschen mit unbeirrbarem Wirklichkeitssinn; schließt er jedoch nur die Augen, so schlagen ihn seine Träume und seine Liebe zu den Menschen wieder in Bann.

Aber der Tolstoi von 1850 ist weniger geduldig als Nekludow. Jasnaja hat ihn enttäuscht; er ist des Volkes so müde wie der Vornehmen; seine Rolle bedrückt ihn: es liegt ihm nichts mehr an ihr. Außerdem drängen ihn seine Gläubiger. 1851 flieht er in den Kaukasus zur Armee, bei der sein Bruder Nikolaus Offizier ist.

Kaum ist er dort, so findet er in der heiteren Gebirgslandschaft seine Fassung und seinen Gott wieder:

„Vergangene Nacht habe ich wenig geschlafen... Ich habe zu Gott gebetet. Es ist mir unmöglich, die Süßigkeit des Gefühls zu beschreiben, die ich beim Beten empfand. Ich habe die üblichen Gebete gesprochen und dann noch lange weiter gebetet. Ich wünschte etwas sehr Gewaltiges, etwas sehr Schönes... Was? Das kann ich nicht sagen. Ich wollte aufgehen in dem Ewigen, ich bat ihn, mir meine Fehler zu verzeihen... Aber nein, ich bat nicht, ich fühlte, daß er mir schon vergab, da er mich diesen glückseligen Augenblick erleben ließ. Ich betete, und gleichzeitig fühlte ich, daß ich nichts zu sagen hatte, daß ich nicht beten konnte, daß ich nicht zu beten wagte... Ich habe ihm nicht in Worten gedankt, ich dankte ihm im Fühlen... Kaum eine Stunde war vorüber, da hörte ich schon wieder die Stimme des Lasters. Ich war eingeschlafen und träumte vom Ruhm und von Frauen: das war also stärker als ich. — Was liegt daran! Ich danke Gott für diesen Augenblick der Glückseligkeit, und daß er mir meine Kleinheit und meine Größe gezeigt hat. Ich will beten, aber ich kann nicht; ich will begreifen, aber ich wage es nicht. Ich beuge mich Deinem Willen!"

Das Fleisch war nicht besiegt (das wurde es nie); der Kampf zwischen den Leidenschaften und Gott vollzog sich im geheimsten Herzen. Tolstoi vermerkt in seinem Tagebuch die drei Teufel, die ihn martern: 1. Spielwut: ein aussichtsreicher Kampf. 2. Sinnlichkeit: ein sehr schwieriger Kampf. 3. Eitelkeit: der schrecklichste von allen.

Im selben Augenblick, in dem er davon träumte, für die andern zu leben und sich zu opfern, übermannten ihn wollüstige oder leichtfertige Vorstellungen: das Bild irgendeiner Kosakenfrau oder „die Verzweiflung, die ihn ergriffe, wenn die linke Schnurrbartspitze mehr in die Höhe stände als die rechte". — „Was liegt daran!" Gott war da und verließ ihn nicht mehr. Die Hitze des Kampfes selbst wirkte befruchtend, alle Kräfte des Lebens wurden dadurch gesteigert.

„Ich denke, daß die leichtfertige Überlegung, die mich zur Reise in den Kaukasus veranlaßte, mir von oben eingegeben wurde. Die Hand Gottes hat mich geleitet. Ich werde ihm stets dankbar dafür sein. Ich fühle, daß ich hier besser geworden bin, und bin fest überzeugt, daß alles, was mir auch zustoßen mag, nur zu meinem Besten ausschlagen wird, da ja Gott selbst es gewollt hat..."

Das ist die Dankeshymne der Erde im Frühling. Sie bedeckt sich mit Blumen. Alles ist gut, alles ist schön. Im Jahre 1852 treibt der Genius Tolstois seine ersten Blüten: „Die Kindheit", „Der Morgen des Gutsherrn", „Der Überfall", „Knabenjahre"; und er dankt dem Lebensgeist, der ihn befruchtet hat.

„Die Geschichte meiner Kindheit" wurde im Herbst 1851 in Tiflis begonnen und am 2. Juli 1852 in Pjatigorsk im Kaukasus beendet. Es ist seltsam, daß Tolstoi im Rahmen dieser Natur, die ihn berauschte, inmitten dieses neuen Lebens und der aufregenden Kriegsgefahren, während er eine Welt von ihm bis dahin unbekannten Charakteren und Leidenschaften entdeckte, in jenem ersten Werk auf die Erinnerungen an sein verflossenes Leben zurückgreift. Aber als er die „Kindheit" schrieb, war er krank, seine militärische Tätigkeit war jäh unterbrochen worden; und während der langen Genesungszeit befand er sich, da er allein war und Schmerzen litt, in rührseliger Stimmung, in der sich die Vergangenheit vor seinen Augen abrollte. Nach der erschöpfenden Anspannung der freudlosen letzten Jahre war es ihm angenehm, die „wunderbare, unschuldsvolle, poetische und fröhliche Zeit" des Kindesalters wieder zu erleben und wieder „ein gutes, weiches und liebefähiges Kinderherz zu bekommen". Bei dem Ungestüm seiner Jugend, der Fülle von Plänen, seiner dichterischen Erfindungsgabe, die zu epischer Breite neigte und sich daher selten mit einem einzelnen Vorwurf befaßte, für die die großen Romane vielmehr nur Glieder einer langen historischen Kette waren — Bruchstücke eines unermeßlichen Ganzen, das nie zu Ende geführt werden konnte —, sah Tolstoi im übrigen zu diesem Zeitpunkt in den Geschichten aus der „Kindheit" nur die ersten Kapitel einer „Geschichte von vier Epochen", die auch sein Leben im Kaukasus einbeziehen und zweifellos mit der Offenbarung Gottes durch die Natur ihren Abschluß finden sollte.

Tolstoi ist später mit seinen Geschichten aus der „Kindheit", denen er einen großen Teil seiner Volkstümlichkeit verdankt, sehr streng ins Gericht gegangen.

„Sie sind so schlecht," sagte er zu Birukow, „sie sind mit so geringer literarischer Ehrlichkeit geschrieben!... Es ist nichts aus ihnen herauszuholen."

Er stand allein mit dieser Ansicht. Das Werk, das er als anonymes Manuskript an die große russische Zeitschrift „Sowremennik" (Der Zeitgenosse) geschickt hatte, wurde sofort veröffentlicht (am 6. September 1852) und hatte einen Riesenerfolg, der von allen europäischen Lesern bestätigt wurde. Indessen versteht man, daß es trotz seines dichterischen Reizes, seines vornehmen Stiles und seines Zartgefühls dem späteren Tolstoi mißfallen hat.

Es hat ihm aus denselben Gründen mißfallen, aus denen es den anderen gefiel. Man muß zugeben: abgesehen von der Erwähnung gewisser lokaler Typen und einigen wenigen Seiten, die durch das religiöse Empfinden oder durch die Echtheit des Gefühls auffallen, ist noch herzlich wenig von der Persönlichkeit Tolstois darin zu spüren. Eine sanfte, weiche Empfindsamkeit, die ihm später immer unsympathisch war, und die er aus seinen anderen Romanen verbannte, herrscht vor. Wir kennen sie, diese Mischung von Humor und Rührseligkeit; sie stammt von Dickens her. Bei der Aufzählung seiner Lieblingsbücher zwischen seinem vierzehnten und einundzwanzigsten Lebensjahre trägt Tolstoi in sein Tagebuch ein: „Dickens: David Copperfield. Bedeutender Einfluß." Im Kaukasus liest er das Buch noch einmal.

Zwei weitere Einflüsse verzeichnet er selbst: Sterne und Toepffer. „Ich stand damals unter ihrer Wirkung", äußerte er.

Wer sollte glauben, daß die „Genfer Novellen" für den Dichter von „Krieg und Frieden" das erste Vorbild waren? Und doch braucht man es nur zu wissen, dann findet man schon in den Geschichten aus der „Kindheit" ihre gutmütige und spottlustige Biederkeit wieder, die hier nur in eine vornehmere Natur verpflanzt ist.

So war Tolstoi schon durch seine ersten Werke eine bekannte Persönlichkeit geworden. Aber seine Eigenart mußte sich noch befestigen. Das dauerte nicht lange. Die „Knabenjahre" (1853), die weniger rein und weniger abgerundet sind als die Kindheit, deuten auf selbständigere psychologische Beobachtung, auf ein sehr lebendiges Naturgefühl und ein so zerquältes Herz hin, wie sie Dickens und Toepffer wohl kaum hatten. In dem „Morgen des Gutsherrn" (Oktober 1852) erscheint der Charakter Tolstois fertig entwickelt mit seiner unerschrockenen Beobachtungstreue und seinem Glauben an die Liebe. Unter den bemerkenswerten Bauernporträts, die er in dieser Novelle zeichnet, findet sich schon die Skizze zu einer seiner schönsten Figuren aus seinen „Volkserzählungen", dem Alten mit dem Bienenstock, dem kleinen Alten unter der Birke, wie er die Hände ausbreitet und die Augen in die Höhe richtet; rings um ihn ein Schwarm golden schimmernder Bienen, die ihn umschwirren, ohne ihn zu stechen, und einen Kranz um seinen in der Sonne leuchtenden kahlen Schädel bilden...

Aber die typischen Werke jener Zeit sind die, die seine augenblicklichen Gefühle unmittelbar wiedergeben: die Geschichten aus dem Kaukasus. Die erste, „Der Überfall" (am 24. Dezember 1852 beendet), erweckt durch die Pracht der Landschaftsbilder Bewunderung: ein Sonnenaufgang in den Bergen am Ufer eines Flusses; ein merkwürdiges Gemälde, das die Schatten und die Geräusche der Nacht mit packender Eindringlichkeit wiedergibt; die Heimkehr am Abend, da in der Ferne die schneebedeckten Gipfel im blauen Nebel verschwinden, die schönen Stimmen der singenden Soldaten aufsteigen und in der dünnen Luft verwehen. Mehrere Gestalten aus „Krieg und Frieden" erproben hier schon ihre Lebensfähigkeit: der Hauptmann Klopow, der wahre Held, der sich nicht zum Vergnügen schlägt, sondern weil es seine Pflicht ist, „eines jener einfachen, ruhigen russischen Gesichter, denen man froh und gerne gerade in die Augen schaut." Schwerfällig, linkisch, ein bißchen lächerlich, unempfindlich gegen seine Umgebung, ist er der einzige, der sich in der Schlacht gleich bleibt, während alle andern sich ändern; „er ist genau so wie immer: dieselben ruhigen Bewegungen, dieselbe gleichmäßige Stimme, derselbe einfache Ausdruck in seinem naiven, derben Gesicht." Neben ihm der Leutnant, der die Rolle eines Lermontowschen Helden spielt, und der, obwohl er in Wirklichkeit der gutmütigste Kerl ist, tut, als ob die wildesten Gefühle ihn beherrschen. Und dann der arme, kleine Unterleutnant, ganz begeistert in der Aussicht auf sein erstes Gefecht, überströmend von Zärtlichkeit, bereit, jedem um den Hals zu fallen, bewundernswert und lächerlich zugleich, der sich wie Petja Rostow stumpfsinnig töten läßt. In der Mitte des Bildes die Gestalt Tolstois, der beobachtet, ohne sich in die Gedanken seiner Gefährten einzumischen und schon hier seinen Protestschrei gegen den Krieg erklingen läßt:

„Können die Menschen denn in dieser so schönen Welt, unter dem unermeßlichen Sternenhimmel nicht zufrieden leben? Wie können sie hier ihre Zerstörungswut, ihre Gefühle der Bosheit und der Rache gegen ihren Nächsten bewahren? In der Berührung mit der Natur, wo das Schöne und Gute am unmittelbarsten zum Ausdruck kommt, sollte alles Schlechte aus dem Menschenherzen verschwinden."

Andere aus jener Zeit stammende Geschichten aus dem Kaukasus sind erst später zu Papier gebracht worden: 1854-1855 „Der Holzschlag", von peinlichster Naturtreue, ein wenig kalt, aber voll merkwürdiger Aufschlüsse über die Seele des russischen Soldaten, — Aufzeichnungen für die Zukunft; — 1856 „Begegnung im Felde" mit einem Moskauer Bekannten, einem verkommenen Lebemann und degradierten Unteroffizier, einem feigen versoffenen Lügner, der es nicht vermag, sich an den Gedanken zu gewöhnen, daß er ebensogut getötet werden könne wie einer seiner Soldaten, die er verachtet und deren geringster hundertmal mehr wert ist als er.

Über all diese Werke erhebt sich als höchster Gipfel dieser ersten Gebirgskette einer der schönsten lyrischen Romane, die Tolstoi geschrieben hat, der Sang seiner Jugend, das Gedicht vom Kaukasus: „Die Kosaken". Die Pracht der schneebedeckten Berge, deren edle Linien sich von dem strahlenden Himmel abheben, erfüllt das ganze Buch mit ihrer Musik. Und das Werk ist einzigartig durch das höchste, was dem Genie gegeben ist, „den allmächtigen Gott der Jugend", wie Tolstoi sagt, „jenen Schwung, der nie wiederkehrt". Ein Bergstrom im Frühling! Eine Fülle von Liebe!

„,Ich liebe, ich liebe so innig!... Ihr Tapfern! Ihr Guten!...' wiederholte er und wollte weinen. Warum? Wer war tapfer? Wen liebte er? Er wußte es nicht recht."

Dieser Rausch des Herzens hält unvermindert an. Der Held, Olenin, ist wie Tolstoi in den Kaukasus gekommen, um dort aus dem Abenteurerleben frische Kräfte zu schöpfen; er verliebt sich in eine junge Kosakin und verliert sich in dem Chaos seiner widerspruchsvollen Hoffnungen. Bald glaubt er, daß „für andere leben, sich aufopfern, Glück bedeutet", bald, daß „sich opfern nur Dummheit ist"; dann möchte er fast mit dem alten Kosaken Eroschka glauben: „Alles hat seine Berechtigung. Gott hat alles zur Freude des Menschen erschaffen. Nichts ist Sünde. Sich mit einem hübschen Mädel belustigen, ist keine Sünde, ist ewige Seligkeit." Aber was braucht er denn nachzudenken? Es genügt zu leben. Das Leben ist höchster Besitz, höchstes Glück, das allmächtige Leben, das allumfassende Leben: das Leben ist Gott. Ein glühendes Naturgefühl stellt sich ein und erfüllt ihm das Herz. Allein im Wald, „von wildwachsenden Pflanzen, einer Menge von Wild, Vögeln und Mückenschwärmen umgeben, in dem schattigen Grün, der duftgeschwängerten, heißen Luft, zwischen kleinen, trüben Rinnsalen, die allenthalben unter dem Laub dahinplätschern," wenige Schritte von den Fallstricken des Feindes entfernt „wird Olenin plötzlich von einem solchen grundlosen Glücksgefühl erfaßt, daß er, wie er es als Kind gewöhnt war, das Kreuz schlägt und irgend jemand danken möchte." Wie ein indischer Fakir findet er Genuß darin, sich zu sagen, daß er allein und verlassen in diesem Strudel des Lebens ist, das ihn aufsaugt, daß Myriaden unsichtbarer Wesen, die überall versteckt sind, in diesem Augenblick seinen Tod belauern, daß jene Tausende von ihn umschwirrenden Insekten einander zurufen:

„‚Hierher, hierher, Kameraden! Hier gilt es einen zu stechen!'

Und es war ihm klar, daß er hier kein russischer Herr aus der Moskauer Gesellschaft, der Freund und Verwandte von dem und jenem war, sondern einfach ein Wesen wie die Mücke, der Fasan, der Hirsch, wie alle Lebewesen, die ihn jetzt umschlichen.

‚Wie sie werde ich leben und sterben. Und Gras wird darüber wachsen…'"

Und sein Herz ist voll Freude.

Tolstoi lebt zu jener Zeit in einem Rausch von Kraft und Liebe zum Leben. Er umfaßt die Natur und geht in ihr auf. Ihr vertraut er seine Schmerzen, seine Freuden und seine Liebesgefühle an. Aber dieser romantische Rausch mindert niemals die Klarheit seines Blickes. Nirgends mehr sind die Landschaften mit einem solchen Können und die Gestalten wahrheitsgetreuer gezeichnet als in dieser glühenden Dichtung. Der Widerspruch zwischen Natur und Gesellschaft, der den Kern des Buches ausmacht und der während Tolstois ganzen Lebens einer seiner Lieblingsgedanken sein sollte, ein Artikel seines Glaubensbekenntnisses, läßt ihn schon hier, um das Komödienhafte der Welt zu geißeln, einige der herben Töne der „Kreuzersonate" anschlagen. Aber er ist nicht weniger schonungslos gegen die, die er liebt; und die Naturwesen, die schöne Kosakin und ihre Freunde, sind mit ihrer Selbstsucht, ihrer Habgier, ihrer Schurkerei und allen ihren Lastern in grellstem Licht gesehen.

Eine außergewöhnliche Gelegenheit sollte sich ihm bieten, diese heldenhafte Wahrheitsliebe auf die Probe zu stellen.

Im November 1853 war der Türkei der Krieg erklärt worden. Tolstoi ließ sich der rumänischen Armee zuteilen, ging dann zur Krimarmee über und traf am 7. November 1854 in Sewastopol ein. Er glühte vor Begeisterung und Vaterlandsliebe. Er tat wacker seine Pflicht und war oft in Gefahr, besonders von April bis Mai 1855, wo er einen über den andern Tag Dienst bei der Batterie der 4. Bastei hatte.

Da er monatelang ein Leben in beständiger Aufregung und Angst Aug in Aug mit dem Tode führte, belebte sich sein religiöser Mystizismus wieder von neuem. Er führt Gespräche mit Gott. Im April 1855 verzeichnet er in seinem Tagebuch ein Gebet zu Gott, in dem er ihm für seinen Schutz in der Gefahr dankt und ihn anfleht, ihn weiter zu beschützen, „um das ewige glorreiche Ziel des Seins, das ich noch nicht kenne, aber schon ahne, zu erreichen". Dieses Ziel seines Lebens war keineswegs die Kunst, es war schon jetzt die Religion. Am 5. März 1855 schrieb er:

„Ich bin einer großen Idee nähergekommen, deren Verwirklichung ich mein ganzes Leben opfern könnte. Diese Idee ist die Gründung einer neuen Religion, der Religion Christi, aber von Glaubenssätzen und Wundern befreit... In klarem Bewußtsein handeln, um die Menschen durch die Religion zu einen."

Das sollte das Programm seines Alters sein.

Um sich indessen von den ihn umgebenden Eindrücken abzulenken, machte er sich wieder ans Schreiben. Aber wie hätte er die nötige geistige Freiheit finden sollen, um im Schrapnellhagel den dritten Teil seiner Erinnerungen aus der Jugend zu verfassen? Das Buch ist verworren. Man kann sein Durcheinander — und an manchen Stellen eine gewisse abstrakte analysierende Trockenheit mit Abteilungen und Unterabteilungen in der Manier Stendhals — den Bedingungen, unter denen es entstand, zuschreiben. Aber man muß die ruhige Durchdringung der zahllosen wirren Gedanken und Träume bewundern, die sich in dem jungen Hirn zusammendrängen. Tolstoi ist in diesem Werk von seltener Aufrichtigkeit gegen sich selbst. Und von welcher poetischen Frische ist er zuweilen, z. B. in dem reizenden Bild vom Frühling in der Stadt, in der Erzählung von der Beichte und dem eiligen Gang ins Kloster wegen der vergessenen Sünde.

Ein leidenschaftlicher Pantheismus gibt gewissen Seiten des Buches eine lyrische Schönheit, deren Ton an die „Erzählungen aus dem Kaukasus" erinnert. So die Beschreibung jener Sommernacht:

„Der ruhige Glanz des leuchtenden Halbmonds. Der schillernde Teich. Die alten Birken, deren langsträhnige Zweige auf der einen Seite im Mondlicht silbern schimmerten und auf der andern Seite Busch und Weg mit schwarzen Schatten zudeckten. Hinter dem Teich der Ruf der Wachtel. Das kaum hörbare Geräusch zweier alter Bäume, die sich aneinander scheuern. Das Summen der Mücken und das Herabfallen eines Apfels auf trockene Blätter, Frösche, die bis an die Stufen der Terrasse hüpfen und deren grünliche Rücken im Mondstrahl schillern... Der Mond steigt höher, schwebt am klaren Himmel und erfüllt den Raum; der wunderbare Glanz des Teiches wird noch strahlender, die Schatten noch schwärzer, das Licht noch heller... Doch ich armseliger Erdenwurm, der ich schon von allen menschlichen Leidenschaften beschmutzt, aber erfüllt von der ganzen unendlichen Macht der Liebe war, ich hatte in diesem Augenblick das Gefühl, als ob die Natur, der Mond und ich eins seien."

Aber die Wirklichkeit der Gegenwart sprach lauter als die Träume der Vergangenheit; sie verschaffte sich gebieterisch Gehör. Die „Jugend" blieb unvollendet, und der Stabshauptmann Graf Leo Tolstoi beobachtete in der Panzerung seiner Bastei, im Kanonendonner, inmitten seiner Kompagnie die Lebenden und die Sterbenden und zeichnete ihre Ängste und seine eigenen in seinen unvergeßlichen Erzählungen „Sewastopol" auf.

Diese drei Erzählungen — Sewastopol im Dezember 1854, Sewastopol im Mai 1855 und Sewastopol im August 1855 — werden gewöhnlich in einen Topf geworfen. Sie sind indessen sehr verschieden voneinander. Besonders die zweite Erzählung unterscheidet sich in der Empfindung und im Stil von den beiden anderen. Diese sind vom Patriotismus beherrscht; über der zweiten schwebt unerbittliche Wahrheit.

Man erzählt, daß die Zarin nach der Lektüre der ersten Geschichte weinte, und daß der Zar in seiner Bewunderung befahl, man solle diese Seiten ins Französische übersetzen und den Verfasser an einen ungefährlichen Platz stellen. Man versteht das leicht. Alles verherrlicht hier das Vaterland und den Krieg. Tolstoi ist gerade erst hingekommen und noch voller Begeisterung; er schwimmt in Heldentum. Er bemerkt an den Verteidigern von Sewastopol weder Ehrgeiz noch Eigenliebe noch sonst irgend ein niedriges Gefühl. Für ihn ist das Ganze ein Heldengedicht, dessen Heroen „Griechenlands würdig" sind. Andererseits legen diese Aufzeichnungen keinerlei Zeugnis ab von einem Streben nach Erfindung oder dem Versuch einer objektiven Darstellung; der Verfasser spaziert durch die Stadt; er sieht sehr klar, erzählt aber alles in unfreier Form: „Man sieht... man tritt ein... Man bemerkt..." Es ist eine Art besserer Berichterstattung mit schönen Natureindrücken.

Ganz anders ist die zweite Geschichte: Sewastopol im Mai 1855. Schon in den ersten Zeilen liest man: „Tausende menschlicher Eitelkeiten sind hier aufeinander gestoßen oder haben im Tod Ruhe gefunden..."

Und dann:

„... Und da es viele Menschen gab, gab es viele Eitelkeiten ... Eitelkeit, Eitelkeit, überall Eitelkeit, selbst an der Pforte des Grabes. Es ist die unserm Jahrhundert eigentümliche Krankheit... Warum sprechen Homer und Shakespeare von Liebe, Ruhm und Leid, und warum ist die Literatur unseres Jahrhunderts nichts als die endlose Geschichte der Eitlen und der Snobs?"

Die Erzählung, die nicht mehr ein einfacher Bericht des Autors ist, sondern die Menschen und ihre Leidenschaften unmittelbar auftreten läßt, zeigt, was sich hinter dem Heldentum verbirgt. Der klare unbeirrbare Blick Tolstois dringt bis in die Tiefen der Herzen seiner Waffenbrüder; in ihnen liest er, wie in sich selbst, Hochmut und Furcht, das Narrenspiel der Welt, das noch drei Schritt vorm Tode weitergespielt wird. Besonders die Furcht wird eingestanden, ihrer Schleier beraubt und ganz nackt gezeigt. Diese unaufhörlichen Angstzustände, dieser quälende Gedanke an den Tod werden ohne Scham und Mitleid mit fürchterlicher Offenheit aufgedeckt. In Sewastopol hat Tolstoi alle Sentimentalität verloren, „jenes unklare, weibische, weinerliche Mitleid", wie er mit Geringschätzung sagt. Und niemals hat sein Talent zu analysieren, das man schon während seiner Jünglingsjahre sich triebhaft entwickeln sah und das manchmal einen geradezu krankhaften Charakter annehmen sollte, eine bis zur Halluzination verschärfte Intensität erlangt, wie in der Erzählung vom Tode Praskukins. Dort sind zwei volle Seiten der Beschreibung dessen gewidmet, was sich in der Seele des Unglücklichen abspielt, während der Sekunde, da die Bombe eingeschlagen ist und zischt, ehe sie explodiert, — und eine Seite berichtet, was sich in ihm abspielt, nachdem sie explodiert ist und „er auf der Stelle durch einen Treffer in die Brust getötet worden ist".

Wie Zwischenaktsmusik mitten im Drama öffnen sich in diese Schlachtenbilder weite Lichtungen, Sonnenstrahlen, die Symphonie des Tages, der über dem wundervollen Gelände anbricht, wo Tausende von Männern mit dem Tode ringen. Und der Christ Tolstoi vergißt den Patriotismus seiner ersten Erzählung und flucht dem ruchlosen Krieg:

„Und diese Menschen, Christen, die sich alle zu demselben großen Gesetz der Liebe und des Opferns bekennen, fallen beim Anblick ihrer Tat nicht reuig auf die Knie vor dem, der, da er ihnen das Leben gab, in die Seele eines jeden neben die Furcht vor dem Tode die Liebe zum Guten und Schönen pflanzte! Sie umarmen einander nicht wie Brüder mit Tränen der Freude und des Glückes!"

Im Augenblick, da Tolstoi diese Novelle beendet hat, die herb im Ton wie noch keines seiner Werke ist, fühlt er sich von Zweifeln ergriffen. Hat er unrecht gehabt, so zu reden?

„Ein peinigender Zweifel ergriff mich. Vielleicht sollte man das gar nicht aussprechen. Vielleicht ist das, was ich ausspreche, eine jener schlimmen Wahrheiten, wie sie unbewußt in eines jeden Seele schlummern, und die nicht zutage gefördert werden dürfen, weil sie sonst Schaden anrichten, wie man die Hefe nicht bewegen soll, um den Wein nicht zu verderben. Wo ist das Schlechte, das man vermeiden soll, wo das Schöne, das man nachahmen soll? Wer ist der Bösewicht, und wer ist der Held? Alle sind gut, und alle sind schlecht..."

Aber er findet sich stolz wieder:

„Der Held meiner Novelle, den ich mit der ganzen Kraft meines Herzens liebe, den ich in seiner ganzen Schönheit zu zeigen versuche, der immer war, ist und sein wird, ist die Wahrheit."

Nachdem der Direktor des Sowremennik, Nekrasow, diese Seiten gelesen hatte, schrieb er an Tolstoi:

„Gerade das braucht die russische Gesellschaft von heute: die Wahrheit, die Wahrheit, von der seit Gogols Tod so wenig in der russischen Literatur übriggeblieben ist... Jene Wahrheit, die Sie in unsere Kunst tragen, ist für uns etwas ganz Neues. Ich fürchte nur eines: daß die Zeit und die Niedertracht des Lebens, die Taubheit und Stummheit der uns Umgebenden aus Ihnen machen, was sie aus den meisten von uns gemacht haben, — daß sie in Ihnen die Energie töten".

Nichts Derartiges war zu befürchten. Die Zeit, die die Energie der Durchschnittsmenschen verbraucht, hat die Tolstois nur gehärtet. Aber im Augenblick weckten die schweren Prüfungen des Vaterlandes, die Einnahme von Sewastopol, mit einem Gefühl schmerzvoller Frömmigkeit aufs neue das Bedauern über seine allzu erbarmungslose Offenheit. In der dritten Erzählung, — Sewastopol im August 1855, — in der er eine Szene zwischen spielenden und sich streitenden Offizieren malt, unterbricht er sich und sagt:

„Aber laßt uns schnell einen Schleier über dieses Bild breiten. Morgen, vielleicht schon heute wird jeder dieser Männer freudig dem Tod ins Auge sehen. In eines jeden Seele glimmt der göttliche Funke, der einen Helden aus ihm machen wird."

Und wenn auch diese Scheu nichts der Gewalt seiner realistischen Darstellung raubt, so zeigt doch die Wahl der Personen genügend die Neigungen des Verfassers. Das Heldenschicksal von Malakoff und sein Fall werden in zwei rührenden und stolzen Gestalten versinnbildlicht: zwei Brüdern; der eine, der ältere, ist der Hauptmann Kozeltzow, der einige Züge von Tolstoi hat; der andere, der Fähnrich Wolodja, der schüchterne Schwärmer, mit seinen fieberhaften Selbstgesprächen, seinen Träumen, den Tränen, die ihm um ein Nichts in die Augen treten, Tränen der Liebe und Tränen der Demütigung, mit seinen Ängsten in den ersten Stunden auf der Bastei (der arme Kleine fürchtet sich noch vor dem Dunkel, und wenn er im Bett liegt, versteckt er seinen Kopf in dem Soldatenmantel), mit der Beklemmung, die ihm das Gefühl der Einsamkeit und die Gleichgültigkeit der andern verursachen, und schließlich, da die Stunde gekommen ist, mit seiner Fröhlichkeit in der Gefahr. Dieser Jüngling gehört zur Gruppe der poetischen Gestalten aus den „Knabenjahren" (Petja in „Krieg und Frieden", der Unterleutnant in dem „Überfall"), die lachend und Liebe im Herzen Krieg führen und plötzlich ohne Begreifen vom Tode erfaßt werden. Die beiden Brüder fallen am gleichen Tag, — am letzten Tag der Verteidigung. — Und die Novelle schließt mit folgenden Zeilen, in denen ein vaterländischer Zorn grollt:

„Das Heer verließ die Stadt. Und jeder Soldat, der nach dem aufgegebenen Sewastopol blickte, seufzte mit namenloser Bitterkeit im Herzen und ballte die Faust gegen den Feind."

Nachdem Tolstoi dieser Hölle entronnen war, wo er ein Jahr lang mit den schlimmsten Leidenschaften und Eitelkeiten und aller menschlichen Pein in Berührung gekommen war, fand er sich im November 1855 in einem Kreis von Petersburger Schriftstellern wieder, für die er Ekel und Verachtung verspürte. Alles an ihnen kam ihm armselig und verlogen vor. Diese Männer, die ihm aus der Ferne in idealer Gestalt erschienen waren, — Turgenjew hatte er bewundert und ihm gerade erst den „Holzschlag" gewidmet, — enttäuschten ihn bitter, als er sie aus nächster Nähe sah. Ein Bild aus dem Jahr 1856 zeigt ihn mitten unter ihnen: Turgenjew, Gontscharow, Ostrowsky, Gregorowitsch, Drujinin. Durch sein asketisches und herbes Aussehen, sein knochiges Gesicht mit den eingefallenen Wangen und die energisch verschränkten Arme sticht er von der zwanglosen Haltung der andern merklich ab. In Uniform hinter diesen Literaten stehend, „scheint er", wie Suarès geistreich schreibt, „diese Leute eher zu überwachen als zu ihrer Gesellschaft zu gehören: man könnte glauben, er sei gerade dabei, sie ins Gefängnis abzuführen"

Indessen drängten sich alle um den jungen Kameraden, der, von der zwiefachen Glorie des Schriftstellers und Helden von Sewastopol umgeben, zu ihnen kam. Turgenjew, der „geweint und ‚Hurrah!' gerufen hatte", als er die Szenen aus „Sewastopol" gelesen, reichte ihm brüderlich die Hand. Aber die beiden Männer konnten einander nicht verstehen. Wenn auch beide die Welt mit derselben Klarheit des Blickes sahen, so mischten sie doch ihren Bildern die Farbe ihrer feindlichen Seelen bei: der eine beschwingt und voll von Ironie, verliebt und ohne Illusionen, Anbeter der Schönheit; der andere heftig, stolz, von Sittlichkeitsideen zerquält, eines heimlichen Gottes voll.

Was Tolstoi diesen Literaten vor allem nicht verzieh, war, daß sie sich für eine auserwählte Kaste, für den Gipfelpunkt der Menschheit hielten. Der Stolz des großen Herrn und Offiziers gegenüber den bürgerlich freidenkenden Schreibergesellen hatte nicht geringen Anteil an seiner Abneigung. Es war auch ein bezeichnender Zug seiner Natur — er erkannte ihn selbst —, „sich instinktiv gegen alle allgemein anerkannten Grundsätze aufzulehnen". Ein Mißtrauen gegen die Menschen, eine geheime Verachtung ihrer Vernunft ließen ihn überall den Selbstbetrug oder den Betrug der andern, die Lüge, wittern.

„Er glaubte niemals an die Aufrichtigkeit der Leute. Jede sittliche Begeisterung erschien ihm unecht, und er hatte die Gewohnheit, den Menschen, der, wie es ihm schien, nicht die Wahrheit sprach, mit seinem außergewöhnlich scharfen Blick zu durchbohren...

Wie hörte er zu! Wie betrachtete er den, mit dem er sprach, mit seinen tief in den Höhlen liegenden grauen Augen! Wie ironisch verzogen sich seine Lippen!

Turgenjew sagte, daß er nie etwas Unangenehmeres verspürt habe, als diesen durchdringenden Blick, der im Verein mit zwei oder drei Worten einer giftigen Bemerkung imstande war, einen zum Rasen zu bringen".

Von ihrer ersten Begegnung an spielten sich zwischen Tolstoi und Turgenjew heftige Auftritte ab. Wenn sie getrennt waren, beruhigten sie sich und versuchten, einander Gerechtigkeit widerfahren zu lassen. Aber die Zeit bestätigte immer mehr Tolstois Widerwillen gegen seine literarische Umgebung. Er verzieh diesen Künstlern den Widerspruch zwischen ihrer verderbten Lebensführung und ihren sittlichen Forderungen nicht.

„Ich kam zur Überzeugung, daß beinahe alle unmoralische, schlechte, charakterlose Menschen waren, tief unter denen, die ich während meines militärischen Zigeunerlebens getroffen hatte. Und sie waren selbstsicher und zufrieden, wie es eigentlich nur ganz lautere Menschen sein können. Sie ekelten mich an."

Er trennte sich von ihnen. Trotzdem blieb noch einige Zeit etwas von der materiellen Auffassung ihrer künstlerischen Sendung an ihm haften. Er fand dabei seine Rechnung. Es war eine lohnende Religion; sie verschaffte „Weiber, Geld, Ruhm..."

„Von dieser Religion war ich einer der Hohepriester. Eine angenehme und sehr einträgliche Stellung..."

Um sich ihr mehr zu widmen, nahm er seinen Abschied aus dem Heer (November 1856).

Aber ein Mensch seiner Prägung konnte nicht lange die Augen verschließen. Er glaubte an den Fortschritt, er wollte an ihn glauben. Es schien ihm, „daß dieses Wort eine Bedeutung habe." Auf einer Reise ins Ausland — vom 29. Januar bis 30. Juli 1857 — durch Frankreich, die Schweiz und Deutschland brach dieser Glaube zusammen. In Paris zeigte ihm am 6. April 1857 das Schauspiel einer Hinrichtung „die Nichtigkeit des Aberglaubens an den Fortschritt...".

„Als ich den Kopf sich vom Körper loslösen und in den Korb fallen sah, begriff ich mit allen Fasern meines Seins, daß keine Theorie über die Vernunft der bestehenden Ordnung eine solche Handlung rechtfertigen konnte. Wenn selbst sämtliche Menschen des Weltalls sich auf irgendeine Theorie stützten und etwas derartiges für nötig hielten, so wüßte ich doch, daß es unrecht ist: denn nicht der Menschen Reden und Tun entscheidet über Gut und Böse, sondern mein Herz."

In Luzern gibt ihm am 7. Juli 1857 der Anblick eines kleinen fahrenden Sängers, dem die reichen englischen Hotelgäste des Schweizerhofs ein Almosen verweigern, Anlaß zu einer Eintragung in sein „Tagebuch des Fürsten Nekludow", worin er seine Verachtung zum Ausdruck bringt für alle die Gedankengänge, in denen sich diese angeblich Freisinnigen gefallen, für diese Leute, die künstliche Grenzen zwischen Gut und Böse ziehen.

„Für sie ist Kultur das Gute, Unkultur das Böse, Freiheit das Gute, Sklaverei das Böse. Und dieses vermeintliche Wissen zerstört die besten ursprünglichen Triebe. Und wer kann mir definieren, was Freiheit, was Gewaltherrschaft, was Kultur und Unkultur ist? Und wo bestehen nicht Gut und Böse nebeneinander? Es gibt nur einen unfehlbaren Führer in unserm Innern, das ist die Nächstenliebe."

Nach Rußland zurückgekehrt, beschäftigte er sich in Jasnaja von neuem mit den Bauern. Nicht als ob er sich noch Illusionen über das Volk gemacht hätte. Er schreibt:

„Die Verteidiger des Volkes und seines gesunden Menschenverstandes haben gut reden, die Masse sei vielleicht die Vereinigung wackerer Leute; aber dann vereinigen sie sich nur nach der tierischen, verächtlichen Seite, die nur die Schwäche und Grausamkeit der menschlichen Natur ausdrückt."

Deshalb wendet er sich auch nicht an die Masse, sondern an das persönliche Gewissen eines jeden Menschen, eines jeden Kindes aus dem Volk. Denn da liegt die Erleuchtung. Er gründet Schulen, ohne allzu viel vom Lehren zu verstehen. Um es zu lernen, macht er eine zweite Reise nach Europa, vom 3. Juli 1860 bis zum 23. April 1861.

Er studiert die verschiedenen pädagogischen Methoden. Braucht man zu erwähnen, daß er sie alle verwirft? Ein zweimaliger Aufenthalt in Marseille zeigte ihm, daß die wahre Belehrung des Volkes sich außerhalb der Schule, die er lächerlich fand, durch Zeitungen, Museen, Bibliotheken, die Straße und das Leben vollzog; er nennt sie „die natürliche Schule". Er will die natürliche Schule gründen, im Gegensatz zur Zwangsschule, die er für unheilvoll und unbrauchbar hält, und er versucht es damit bei seiner Rückkehr nach Jasnaja Poljana. Sein Grundsatz ist die Freiheit. Er läßt nicht zu, daß eine Auslese, „die privilegierte, liberale Gesellschaft", ihr Wissen und ihre Irrtümer dem „Volk, das ihr fremd ist", aufdrängt. Sie hat dazu kein Recht. Diese Zwangserziehungsmethode hat auf der Universität niemals „Männer hervorbringen können, wie sie die Menschheit braucht, sondern Männer, wie sie die verderbliche Gesellschaft braucht: Beamte, Lehrbeamte, Literaturbeamte oder Menschen, die man zwecklos aus ihrer alten Umgebung herausgerissen hat, denen man die Jugend verdorben hat und die keinen Platz im Leben finden: reizbare, angekränkelte Fortschrittler". Es ist am Volk, zu sagen, was es will! Wenn es nichts von der „Kunst des Lesens und Schreibens, die ihm die Intellektuellen aufdrängen wollen", hält, so hat es seine Gründe dafür: es hat andere dringendere und gerechtfertigtere geistige Bedürfnisse. Versucht sie zu verstehen und helft ihm sie zu befriedigen.

Tolstoi versuchte diese Freiheitstheorien eines eingeschworenen Revolutionärs, der er immer war, in Jasnaja, wo er sich mehr zum Schüler als zum Lehrer seiner Zöglinge machte, in die Praxis umzusetzen. Gleichzeitig bemühte er sich, den Landwirtschaftsbetrieb mit humanerem Geist zu erfüllen. Als er 1861 zum Schiedsrichter im Distrikt Krapiwna ernannt wurde, verteidigte er das Volk gegen den Mißbrauch der Amtsbefugnis durch den Grundbesitzer und den Staat.

Aber man darf nicht glauben, daß diese soziale Tätigkeit ihn ganz befriedigte und ausfüllte. Er blieb weiter die Beute widerstreitender Leidenschaften. Obwohl er im Grunde gegen sie war, liebte er die große Welt noch immer und brauchte sie. Zu Zeiten erfaßte ihn wieder die Vergnügungssucht; oder vielleicht auch die Freude am Wagnis. Er setzte sich auf Bärenjagden der Todesgefahr aus; er verspielte Riesensummen. Es kam sogar vor, daß er unter den Einfluß des verachteten Petersburger literarischen Kreises geriet. Nach solchen Verirrungen verfiel er in einen Zustand des Ekels. Die Werke jener Zeit zeigen in übelster Weise die Spuren dieser künstlerischen und moralischen Unsicherheit. „Zwei Husaren" (1856) sind mit gewollter Eleganz in einem gezierten und weltgewandten Stil geschrieben, der bei Tolstoi geradezu unangenehm berührt. „Albert" (1857 in Dijon verfaßt) ist schwach und gesucht und entbehrt der Tiefe und der Bündigkeit, die Tolstoi sonst eigen sind. Die „Aufzeichnungen eines Marqueurs", die knapper, aber etwas überhastet wirken, scheinen den Ekel widerzuspiegeln, den Tolstoi sich selbst einflößt. Der Fürst Nekludow, sein Doppelgänger, tötet sich in einem verrufenen Lokal:

„Er hatte alles: Reichtum, Namen, Geist, kultivierte Neigungen; er hatte kein Verbrechen begangen, aber er hatte Schlimmeres getan: er hatte sein Herz, seine Jugend getötet; er hatte sich selbst verloren, ohne irgendeine große Leidenschaft als Entschuldigung zu haben, nur aus Mangel an Willenskraft."

Selbst die Nähe des Todes ändert ihn nicht...

„Die gleiche Unentschlossenheit, die gleiche Oberflächlichkeit und merkwürdige Unlogik des Denkens..."

Der Tod... In dieser Zeit fängt er an, Tolstois Seele zu verfolgen. „Drei Tode" (1858-1859) bilden schon einen Auftakt zu der düsteren Schilderung von dem „Tod des Iwan Iljitsch", der Einsamkeit des Sterbenden, seinem Haß gegen die Lebenden, seinem verzweifelten „Warum?" Das Triptychon der drei Toten — die reiche Dame, der alte schwindsüchtige Postillon und die gefällte Eiche — hat Größe; die Bilder sind gut gezeichnet, die Vergleiche ziemlich treffend, obschon das über Gebühr berühmte Werk von etwas zu lockerem Gewebe ist und es dem Tod der Eiche an unbedingter Gestaltungskraft fehlt, die den Wert der schönen Landschaftsschilderungen Tolstois ausmacht. Im ganzen weiß man noch nicht, was ihn hinreißt, ob die Kunst um ihrer selbst willen oder die moralische Absicht.

Tolstoi wußte es selbst nicht. Am 4. Februar 1859 hielt er in der „Moskauer Gesellschaft der Freunde russischer Literatur" seine Antrittsrede, worin er das Prinzip des „l'art pour l'art" verteidigte; und der Präsident der Gesellschaft, Komiakow, übernahm, nachdem er in ihm den Vertreter der rein künstlerischen Literatur begrüßt hatte, gegen ihn die Verteidigung der sozialen und moralischen Kunst.

Ein Jahr später brachte ihn der Tod seines geliebten Bruders Nikolaus, der am 19. September 1860 in Hyères von der Schwindsucht dahingerafft wurde, derart außer Fassung, daß sein Glaube an das Gute vollständig erschüttert wurde und er sich von der Kunst abwandte:

„Die Kunst ist Lüge, und ich kann nicht länger die schöne Lüge lieben."

Aber schon nach kaum sechs Monaten kam er auf diese schöne Lüge zurück, mit „Polikuschka", dem von sittlichen Absichten vielleicht freiesten seiner Werke, nimmt man den geheimen Fluch aus, der auf dem Geld und seiner unheilvollen Macht lastet; es ist ein Werk, das nur um der Kunst willen geschrieben ist, ein Meisterwerk übrigens, an dem nichts auszusetzen ist, es seidenn sein übergroßer Reichtum an Beobachtungen, ein Zuviel an Stoff, der zu einem großen Roman ausgereicht hätte, und der allzu schroffe, ein wenig grausame Gegensatz zwischen dem gräßlichen Ausgang und dem humorvollen Anfang.

In dieser Zeit des Übergangs, wo das Genie Tolstois im Finstern tappt, an sich selbst irre wird und, wie Nekludow in den „Aufzeichnungen eines Marqueurs", ohne starke Leidenschaft, ohne zielsicheren Willen schwächlich zu werden scheint, entsteht das reinste Werk, das Tolstoi jemals schuf: „Eheglück" (1859). Es ist das Wunderwerk der Liebe.

Seit langen Jahren war er mit der Familie Bers befreundet. Er war der Reihe nach in die Mutter und die drei Töchter verliebt gewesen. Schließlich verliebte er sich endgültig in die zweite. Aber er wagte nicht, es zu gestehen. Sofie Andrejewna Bers war noch ein Kind: sie war siebzehn Jahre alt; und er über dreißig. Er hielt sich für einen alten Mann, der nicht das Recht hatte, sein verbrauchtes, unreines Leben an das eines unschuldigen jungen Mädchens zu knüpfen. Drei Jahre lang sträubte er sich. Später erzählte er in „Anna Karenina", wie er Sofie Bers einen Antrag machte, und wie sie darauf antwortete —: sie zeichneten alle beide die Anfangsbuchstaben der Worte, die sie nicht zu sagen wagten, mit dem Finger auf den Tisch. Wie Lewin in „Anna Karenina" war er so grausam aufrichtig, sein Tagebuch seiner Braut einzuhändigen, damit sie ganz genau seine begangenen Schändlichkeiten kennen lerne; und wie Kitty in „Anna Karenina" empfand Sofie bitteren Schmerz beim Lesen. Am 23. September 1862 war ihre Hochzeit.

Aber schon seit drei Jahren war diese Ehe im Kopf des Dichters geschlossen, als er „Eheglück" schrieb. Seit drei Jahren hatte er schon im voraus die unbeschreiblichen Tage der stillen Liebe durchlebt und die berauschenden Tage der Liebe, die sich offenbart, die Stunde, da die ersehnten göttlichen Worte geflüstert werden, die Tränen „über ein Glück, das für immer schwindet und nie mehr wiederkehrt"; die jubelnde Wirklichkeit der ersten Ehezeit, den Egoismus der Liebenden, „die unaufhörliche Freude ohne eigentlichen Grund"; dann die eintretende Ermüdung, die leise Unzufriedenheit, die Langeweile des einförmigen Lebens, in der sich die beiden vereinigten Herzen sanft lösen und voneinander entfernen, das gefährlich Berauschende der großen Welt für die junge Frau — Koketterie, Eifersucht, tödliche Mißverständnisse —, die verdunkelte, die verlorene Liebe; endlich den milden traurigen Herbst des Herzens, wo das Antlitz der Liebe sich wieder zeigt, blaß und gealtert und durch seine Tränen und seine Runzeln noch ergreifender geworden, die Erinnerung an Liebesbeweise, das Bedauern über das Böse, das man sich zugefügt hat, und über die verlorenen Jahre, — einen heiteren Lebensabend, die erhabene Wandlung von der Liebe zur Freundschaft und vom Roman der Leidenschaft zur Mütterlichkeit... Alles, was kommen sollte, alles hatte Tolstoi im voraus geträumt und durchkostet. Und um es besser erleben zu können, hatte er es in ihr, der Geliebten, erlebt. Das erstemal — vielleicht das einzige Mal in Tolstois Werken — spielt sich der Roman im Herzen einer Frau ab und wird von dieser Frau erzählt. Mit welch erlesener Zartheit! Eine schöne Seele hüllt sich in einen schamhaften Schleier... Diesmal hat Tolstoi bei der Analyse auf seine etwas grelle Belichtung verzichtet und sucht nicht mit fieberhafter Leidenschaft die Wahrheit bloßzulegen. Die Geheimnisse des Innenlebens lassen sich eher erraten, als daß sie sich preisgeben. Das Herz und die Kunst Tolstois sind milder geworden. In seiner harmonischen Übereinstimmung von Form und Inhalt erreicht das „Eheglück" die Vollkommenheit eines Racineschen Werkes.

Die Ehe, deren Glück und deren Wirrungen Tolstoi mit großer Klarheit schon vorher empfunden hatte, sollte ihm zum Heil werden. Er war müde und krank, seiner selbst und seiner Arbeit überdrüssig. Auf die glänzenden Erfolge, die seine ersten Werke errungen hatten, war vollständiges Verstummen der Kritik und Gleichgültigkeit des Publikums eingetreten. Stolz tat er, als ob er sich darüber freue.

„Mein Ruf hat viel von jener Volkstümlichkeit, die mich traurig machte, verloren. Jetzt bin ich ruhig, da ich weiß, daß ich etwas zu sagen habe und die Fähigkeit besitze, es sehr laut zu sagen. Das Publikum mag denken, was es will.”

Aber er rühmte sich nur: er war seiner Kunst selbst nicht sicher. Ohne Zweifel beherrschte er die Feder vollkommen; aber er wußte nicht, was damit anfangen. Wie er in „Polikuschka” sagt: „es war das Gerede über den erstbesten Stoff von einem Manne, der die Feder zu führen versteht”. Seine sozialen Arbeiten scheiterten. Im Jahre 1862 legte er sein Amt als Schiedsrichter nieder. Im selben Jahre hielt die Polizei in Jasnaja Poljana Haussuchung, drehte das oberste zu unterst und schloß die Schule. Tolstoi war damals aus Gesundheitsrücksichten verreist; er fürchtete die Schwindsucht zu bekommen.

„Die Streitigkeiten, die ich zu schlichten hatte, waren mir so unerträglich geworden, die Arbeit in der Schule so unsicher, meine Besorgnisse, die aus dem Wunsch, die andern zu unterrichten und dabei meine Unkenntnis dessen, was ich unterrichten sollte, zu verbergen, herrührten, waren mir derart widerwärtig, daß ich krank wurde. Vielleicht wäre ich an den Rand der Verzweiflung geraten, der ich fünfzehn Jahre später erlag, wenn es nicht für mich eine unbekannte Seite des Lebens gegeben hätte, die mir Heil versprach: das Familienleben.”

Er genoß es zuerst mit der Leidenschaft, die er auf alles verwandte. Der persönliche Einfluß der Gräfin Tolstoi war wertvoll für seine Kunst. Literarisch sehr begabt, war sie, wie sie sagt, „eine echte Schriftstellersfrau”, so sehr lag ihr das Werk ihres Mannes am Herzen. Sie arbeitete mit ihm, schrieb nach seinem Diktat, übertrug seine Konzepte immer wieder ins Reine. Sie trachtete, ihn gegen seinen religiösen Dämon, jenen fürchterlichen Geist, der schon damals für Augenblicke seiner Kunst gefährlich wurde, zu verteidigen. Sie ließ es sich angelegen sein, daß seine Tür sozialen Utopien verschlossen blieb. Sie befeuerte sein schöpferisches Genie. Sie tat mehr: sie gab diesem Genius den neuen Reichtum ihrer Frauenseele. Abgesehen von einigen hübschen Schattenrissen in „Kindheit” und „Knabenalter” ist die Frau aus den ersten Werken Tolstois fast völlig ausgeschaltet, oder sie bleibt im Hintergrund. Zum erstenmal tritt sie im „Eheglück” auf, das unter dem Einfluß der Liebe zu Sofie Bers geschrieben ist. In den folgenden Werken sind Mädchen- und Frauengestalten reichlich vorhanden und von Leben beseelt, mehr noch selbst als die Männergestalten. Man glaubt gern, daß die Gräfin Tolstoi ihrem Mann nicht nur zur Natascha in „Krieg und Frieden” und zur Kitty in „Anna Karenina” Modell gestanden hat, sondern daß sie ihm auch durch die Einblicke, die sie ihm in ihr zartes Seelenleben gewährte, eine wertvolle und feinfühlige Mitarbeiterin sein konnte. Gewisse Seiten in „Anna Karenina”scheinen mir ganz besonders die Hand einer Frau zu verraten.

Dank den Segnungen dieser Vereinigung genoß Tolstoi zehn oder fünfzehn Jahre lang einen Frieden und eine Sicherheit, wie er sie seit langem nicht mehr gekannt hatte. So konnte er unter den Fittichen der Liebe in Muße die Meisterwerke seines Schaffens, die gewaltigen Denkmäler, die die ganze Romandichtung des 19. Jahrhunderts überragen, ersinnen und ausführen: „Krieg und Frieden” (1864-1869) und „Anna Karenina” (1873-1877).

„Krieg und Frieden” ist das großartigste Heldengedicht unserer Zeit, eine moderne Ilias. Eine Welt von Gestalten und Schicksalen lebt darin. Über diesem von zahllosen Wogen gepeitschten Meer menschlicher Leidenschaften schwebt eine allbeherrschende Seele, die die Stürme nach Gefallen entfacht und zügelt. Mehr als einmal habe ich, wenn ich mich in dieses Werk vertiefte, an Homer und Goethe gedacht, trotz der ungeheuren Verschiedenheit, sowohl des Geistes als auch der Zeit. Später habe ich gesehen, daß Tolstoi tatsächlich in jener Periode, als er daran arbeitete, in seinem Denken von Homer und Goethe zehrte. Ja, er trägt sogar in seinen Aufzeichnungen aus dem Jahre 1865, wo er die verschiedenen literarischen Arten klassifiziert, das Werk „1805”, unter welchem Titel die beiden ersten Teile von „Krieg und Frieden” 1865-

1866 erschienen, als zur selben Familie gehörig wie die „Odyssee" und „Ilias" ein. Die ihm eigene Beweglichkeit des Geistes führte ihn vom Roman der Einzelschicksale zum Roman der Heere und Völker, der großen menschlichen Gemeinschaften, in denen der Wille von Millionen Lebewesen aufgeht. Seine tragischen Erfahrungen bei der Belagerung von Sewastopol lehrten ihn die Seele des russischen Volkes und sein Leben während der letzten hundert Jahre verstehen. Das ungeheure Gemälde „Krieg und Frieden" war ursprünglich nur als Mittelfeld einer Reihe von epischen Fresken gedacht, auf denen sich die Geschichte Rußlands von Peter dem Großen bis zu den Dekabristen abspielen sollte.

Um das Mächtige des Werkes richtig zu empfinden, muß man sich über die Einheit klar sein, die darin verborgen liegt. Die meisten Leser sehen in ihrer Kurzsichtigkeit nur die tausend Einzelheiten, deren Fülle sie in höchste Verwunderung versetzt und verwirrt. Sie finden sich in diesem Walde nicht zurecht. Man muß sich darüber hinaus erheben und den weiten Horizont, den Kreis der Wälder und Felder mit dem Blick umfassen, dann wird man den homerischen Geist des Werkes gewahr, die Ruhe der ewigen Gesetze, den Atem des Schicksals in seinem gewaltigen Rhythmus, das Gefühl für das Ganze, dem alle Einzelheiten verbunden sind, und das Genie des Künstlers, der sein Werk, wie der Gott der Genesis, der über den Wassern schwebt, beherrscht.

Zuerst das regungslose Meer. Der Friede, die russische Gesellschaft am Vorabend des Krieges. Die ersten hundert Seiten spiegeln mit einer erbarmungslosen Treue und einer überlegenen Ironie die Hohlheit dieser Kinder der Welt. Erst ungefähr auf der hundertsten Seite erhebt sich der Schrei eines dieser lebenden Toten — des schlimmsten unter ihnen, des Fürsten Basil:

„Wir sündigen, wir betrügen. Und wozu das alles? Ich habe die Sechzig hinter mir, mein Freund... Alles endigt mit dem Tod... Der Tod, welch ein Grausen!"

Von diesen schalen, lügnerischen Müßiggängern, die jeder Verirrung und jedes Verbrechens fähig sind, heben sich gewisse gesundere Naturen ab: die Aufrichtigen, teils aus Treuherzigkeit, wie Peter Besukow, teils dank ihrer völligen Unabhängigkeit oder aus russischem Empfinden heraus, wie Maria Dmitriewna, teils aus jugendlicher Frische, wie die kleinen Rostows; — dann die Gütigen und Gottergebenen, wie die Prinzessin Marie; — und schließlich jene, die nicht gut sondern stolz sind, und die dieses ungesunde Dasein quält, wie der Fürst Andrej.

Dann aber setzt die erste Wellenbewegung ein. Die Handlung. Das russische Heer in Österreich. Das Verhängnis herrscht nirgends unumschränkter als dort, wo die Urkräfte entfesselt sind: im Krieg. Die wirklichen Führer sind die, welche nicht zu lenken versuchen, sondern die wie Kutuzow oder Bagration versuchen glauben zu machen, „daß ihre persönlichen Absichten in voller Übereinstimmung mit dem sind, was in Wahrheit die einfache Wirkung der Macht der Verhältnisse, des Willens der Untergebenen und der Laune des Zufalls ist". Welch eine Wohltat, sich ganz der Hand des Schicksals zu überlassen! Welch ein Glück liegt in dem normalen und gesunden Zustand, bloß handeln zu brauchen. Die bedrängten Gemüter finden ihr Gleichgewicht wieder. Fürst Andrej atmet auf, beginnt zu leben... Und während dort unten, weitab von dem belebenden Hauch dieser gesegneten Stürme, die beiden wertvollsten Menschen, Peter und die Prinzessin Marie, von der Pest ihrer Umgebung, der Liebeslüge, bedroht werden, erlebt Fürst Andrej bei Austerlitz plötzlich mitten im Taumel des Gefechts, der durch seine Verwundung schroff unterbrochen wird, die Offenbarung der beglückenden Unendlichkeit. Auf dem Rücken ausgestreckt, „sieht er nichts mehr als sehr hoch über sich einen grenzenlosen weiten Himmel, über den leichte graue Wölkchen sanft dahingleiten".

„Welche Ruhe! Welcher Friede!" sagte er sich, „das war nicht so, als ich schreiend dahinrannte. Weshalb hatte ich diese uferlose Weite nicht früher bemerkt? Wie glücklich bin ich, daß ich sie endlich entdeckt habe! Ja, alles andere ist leer, alles andere ist Täuschung. Gott sei für diese Ruhe gepriesen!..."

Indessen nimmt ihn das Leben wieder auf, und die Woge ebbt zurück. Die mutlosen, unruhvollen Seelen irren, in der sittenverderbenden Atmosphäre der Stadt aufs neue sich selbst überlassen, ziellos durch die Nacht. Manchmal vermischen sich mit dem vergiftenden Hauch der Welt die berauschenden und betörenden Ausströmungen der Natur, der Frühling, die Liebe, die blindwaltenden Kräfte, die die reizende Natascha dem Fürsten Andrej nahebringen und die sie einen Augenblick später dem erstbesten Verführer in die Arme treiben. So viel Poesie, Zartheit und Herzensreinheit wird hier durch die Welt zerstört! Und immer „der weite Himmel, der sich hoch über der schmählichen Gemeinheit der Erde breitet". Aber die Menschen sehen ihn nicht. Selbst Andrej hat die Erleuchtung von Austerlitz vergessen. Für ihn ist der Himmel nur noch „ein düsteres, schweres Gewölbe", das das Nichts überdeckt.

Es ist Zeit, daß der Sturmwind des Krieges aufs neue über diese blutleeren Seelen dahinbraust. Das Vaterland wird vom Feinde besetzt. Borodino. Ein Tag von feierlicher Größe. Alle Feindseligkeit schwindet dahin. Dologow umarmt seinen Freund Peter. Andrej, der verwundet ist, weint aus Liebe und Mitgefühl über das Unglück Anatol Kuragins, des Menschen, den er am meisten haßte, und der jetzt auf dem Krankenwagen sein Nachbar ist. Die Herzen werden eins durch das dem Vaterland dargebrachte Opfer und die Unterwerfung unter die göttlichen Gesetze.

„Die schreckliche Notwendigkeit des Krieges ernst und gottergeben hinnehmen... Der Krieg ist für die Freiheit des Menschen die härteste Form der Unterwerfung unter die göttlichen Gesetze. Die Herzenseinfalt besteht in der Unterwerfung unter den Willen Gottes."

Die russische Volksseele und ihre Unterwerfung unter das Schicksal verkörpert sich in dem Generalissimus Kutuzow:

„Dieser Alte, der, was Leidenschaften angeht, nur die Erfahrung, das Ergebnis der Leidenschaften, kennt, und bei dem die Intelligenz, die dazu bestimmt ist, die Tatsachen einzuordnen und Schlüsse aus ihnen zu ziehen, durch eine philosophische Betrachtungsweise der Ereignisse ersetzt wird, dieser Alte ersinnt nichts und unternimmt nichts, aber er hört und behält alles und wird es im geeigneten Augenblick anwenden, er wird nichts Nützliches verhindern und nichts Schädliches erlauben. Er erspäht auf den Gesichtern seiner Leute jene unbegreifliche Macht, die man den Willen zu siegen, den kommenden Sieg nennt. Er läßt etwas Mächtigeres gelten als seinen Willen: den unaufhaltsamen Lauf der Tatsachen, die sich vor seinen Augen abrollen; er sieht sie, er verfolgt sie und versteht es, von seiner Person zu abstrahieren."

Kurzum, er hat das echt russische Herz. Dieser still-heldenmütige Fatalismus des russischen Volkes verkörpert sich auch in dem armen, einfachen, frommen und ergebenen Muschik Plato Karatajew, der noch in Leid und Tod gütig lächelt. Durch die Prüfungen, das Elend des Vaterlandes, die Schrecken des Todeskampfes hindurch, gelangen die beiden Helden des Buches, Peter und Andrej, zu moralischer Befreiung und schwärmerischer Freude durch die Liebe und den Glauben, die sie den lebendigen Gott erkennen lassen.

Hiermit schließt Tolstoi keineswegs. Der Epilog, der um 1820 spielt, bildet einen Übergang von einer Epoche zu einer anderen, vom napoleonischen Zeitalter zum Zeitalter der Dekabristen. Er gibt das Gefühl der ununterbrochenen Dauer und des Immerneuerstehens alles Lebens. Tolstoi beginnt weder, noch schließt er seine Erzählung an einem entscheidenden Zeitpunkt; er schließt, wie er begonnen hat, in dem Augenblick, da eine große Welle verebbt und die folgende Welle sich erst bildet. Schon gewahrt man die künftigen Helden, die Konflikte, die zwischen ihnen entstehen werden, und die Toten, die in den Lebenden auferstehen.

Ich habe versucht, den großen Linien des Romans nachzugehen; denn selten gibt man sich die Mühe, sie zu suchen. Aber was soll man von der ganz außergewöhnlichen Lebendigkeit dieser Hunderte von Helden sagen, die alle individuell und in unvergeßlicher Weise gezeichnet sind, dieser Soldaten, Bauern, Edelleute, Russen, Österreicher und Franzosen! Nichts verrät hier, daß sie erdichtet sind. Zu dieser Reihe von Bildnissen, die ihresgleichen in der ganzen europäischen Literatur suchen, hat Tolstoi zahllose Skizzen gemacht, wie er sagt, „Millionen von Entwürfen miteinander verbunden", Bibliotheken durchstöbert, seine Familienarchive, seine früheren Notizen, seine persönlichen Erinnerungen benutzt. Diese bis ins kleinste gehende Vorbereitung bürgt für die Gründlichkeit der Arbeit, nimmt ihr dabei aber nichts von ihrer Ursprünglichkeit. Tolstoi arbeitete begeistert, mit einem Eifer und einer Freude, die sich auch dem Leser mitteilen. Was vor allem „Krieg und Frieden" den größten Reiz verleiht, ist seine Jugendlichkeit des Herzens. Kein anderes Werk von Tolstoi weist solchen Reichtum an Kinder- und Jünglingsseelen auf; und jede dieser Seelen ist Musik aus reinster Quelle und von einer Anmut, die ergreift und rührt, wie eine Mozartsche Melodie: der junge Nikolaus Rostow, Sonja, der arme kleine Petja.

Die köstlichste aber ist Natascha. Dieses liebe, seltsame, lachlustige kleine Mädchen mit dem reichen Herzen, das man neben sich aufwachsen sieht, und dem man durch das Leben folgt mit der keuschen Zärtlichkeit, die man für eine Schwester empfände, — wer glaubt nicht, sie gekannt zu haben?... Welch wunderbare Frühlingsnacht, in der Natascha an ihrem mondbeschienenen Fenster tolle Dinge träumt und redet, gerade über dem Fenster des Fürsten Andrej, der ihr zuhört... Die Aufregungen des ersten Balles, die Liebe, die Liebeserwartung, das Aufblühen wirrer Wünsche und Träume, die nächtliche Schlittenfahrt durch den beschneiten Wald, wo Lichter gespensterhaft schimmern; die Natur, die unklare Sehnsucht erweckt; ein Abend in der Oper, die seltsame Welt der Kunst, die den Verstand umschleiert; die Tollheit des Herzens und die Tollheit des Leibes, der sich nach Liebe sehnt; ein Schmerz, der die Seele läutert; göttliches Mitleid, das beim sterbenden Geliebten wacht... Man kann diese Erinnerungen nicht heraufbeschwören, ohne dieselbe Rührung zu empfinden, als wenn man von der teuersten und geliebtesten Freundin spräche. Ach, wie läßt einen eine solche Schöpfung die Schwäche der weiblichen Gestalten in beinahe allen zeitgenössischen Romanen und Theaterstücken ermessen! Das Leben selbst wird erfaßt, und dabei so biegsam, so flüssig, daß man es von einer Zeile zur anderen wogen und wechseln zu sehen vermeint. — Die häßliche Prinzessin Marie, die durch Güte schön wird, ist eine nicht minder vollkommene Schöpfung; aber wie würde sie, dieses schüchterne und linkische Mädchen erröten, wie werden die, welche ihr gleichen, erröten, wenn sie hier alle Geheimnisse eines Herzens enthüllt sehen, das sich ängstlich den Blicken entzieht!

Im allgemeinen übertreffen die Frauencharaktere, wie ich schon andeutete, die Männercharaktere bei weitem, besonders die der beiden Helden, die Tolstois eigene Idee verkörpern: die weiche und schwache Natur Peter Besukows, die lebhafte, aber trockene des Fürsten Andrej Wolkonski. Dies sind Seelen, denen es an einem festen Ruhepunkt mangelt; sie schwanken fortwährend, anstatt sich zu entwickeln; sie gehen von einem Pol zum andern, ohne je vom Fleck zu kommen. Man wird mir zweifellos entgegnen, daß sie darin echt russisch sind. Ich kann jedoch dazu bemerken, daß Russen dieselbe Kritik geübt haben. Aus dem gleichen Anlaß warf Turgenjew der Psychologie Tolstois vor, daß sie nie weiterkomme. „Keine wahrhafte Entwicklung. Ewige Unschlüssigkeit, Gefühlsschwankungen." Tolstoi gab selbst zu, daß er die einzelnen Charaktere hie und da ein wenig dem historischen Gemälde geopfert habe.

Und die Größe von „Krieg und Frieden" beruht tatsächlich in dem Wiederaufleben eines ganzen Zeitalters der Geschichte, jener Völkerwanderung, des Kampfes der Nationen. Seine eigentlichen Helden sind die Völker und, hinter ihnen, wie hinter den Helden Homers, die Götter, die sie leiten: die unsichtbaren Mächte, „jene unwägbaren Größen, die die Massen führen", der Hauch des Unendlichen. Diese gigantischen Kämpfe, in denen ein verborgenes Geschick die blinden Völker aufeinanderstößt, sind von sagenhafter Größe. Auf dem Weg über die Ilias denkt man an die indischen Heldenlieder.

„Anna Karenina" bezeichnet mit „Krieg und Frieden" den Höhepunkt dieser Zeit der Reife. Es ist ein vollkommeneres Werk, ein Werk, das von einem Geist erfüllt ist, der seiner künstlerischen Berufung noch sicherer und auch reicher an Erfahrung ist, und für den die Welt des Herzens keine Geheimnisse mehr hat. Aber ihm fehlen jene jugendliche Wärme, jene urwüchsige Begeisterung, — die großen Schwingen von „Krieg und Frieden". Tolstoi hat schon nicht mehr dieselbe Schaffensfreude. Die vorübergehende Beschaulichkeit der ersten Ehezeit ist dahin. In den Bannkreis der Liebe und der Kunst, den die Gräfin Tolstoi um ihn zu ziehen verstanden hatte, schleicht sich wieder langsam innere Unruhe.

Schon ein Jahr nach seiner Heirat weisen in den ersten Kapiteln von „Krieg und Frieden" die vertraulichen Mitteilungen, die Fürst Andrej in bezug auf die Ehe Peter gegenüber macht, auf die Ernüchterung des Mannes hin, der in der geliebten Frau die Fremde sieht, die schuldlose Feindin, das unwillkürliche Hindernis für seine moralische Entwicklung. Briefe aus dem Jahre 1865 künden die nahe Wiederkehr religiöser Qualen an. Zunächst noch weniger bedrohlich, da die Freude am Leben obsiegt. Aber im Jahre 1869, in den Monaten, in denen Tolstoi „Krieg und Frieden" vollendet, tritt eine ernstere Erschütterung ein:

Er hatte die Seinen für einige Tage verlassen und sich auf eins seiner Güter begeben. Eines Nachts lag er im Bett; es hatte gerade 2 Uhr geschlagen:

„Ich war schrecklich müde, hatte Schlaf, und es ging mir leidlich gut. Plötzlich wurde ich von einer solchen Angst gepackt, von einem derartigen Schrecken, wie ich etwas Ähnliches nie empfunden habe. Ich erzähle Dir das noch in den Einzelheiten: es war wirklich fürchterlich. Ich sprang aus dem Bett und befahl anzuspannen. Während man anspannte, schlief ich ein, und als man mich weckte, war ich vollständig wiederhergestellt. Gestern hat sich dieselbe Geschichte ereignet, aber in weit geringerem Maße..."

Der Bau der Hoffnung, den die Liebe der Gräfin Tolstoi mühselig errichtet hatte, weist Risse auf. In der Leere, die den Geist des Dichters nach Beendigung von „Krieg und Frieden" umfängt, fühlt er sich aufs neue von seinen philosophischen und pädagogischen Sorgen bedrückt. Er will eine Fibel fürs Volk schreiben. Vier Jahre lang arbeitet er mit Feuereifer daran; er ist stolzer darauf als auf „Krieg und Frieden"; und nachdem er sie im Jahre 1872 geschrieben hat, arbeitet er sie im Jahre 1875 noch einmal um. Dann vernarrt er sich ins Griechische, studiert von morgens bis abends, läßt alle andere Arbeit liegen, entdeckt den „köstlichen Xenophon" und Homer, den richtigen Homer, nicht den der Übersetzer, „eines Jukowsky, eines Voss, die mit hohler, greinender, süßlicher Stimme singen", sondern „jenen Teufel, der mit voller Stimme singt, ohne daß es ihm je in den Sinn kommt, es könne jemand zuhören".

„Ohne die Kenntnis des Griechischen keine Bildung!... Ich bin überzeugt, daß ich von allem, was in dem Wort menschlich wirklich schön, von einer schlichten Schönheit ist, bis heute nichts wußte."

Es ist eine Narretei; das gibt er zu. Er wirft sich wieder mit solcher Leidenschaft aufs Lernen, daß er krank davon wird. Im Jahre 1871 muß er in Samara bei den Baschkiren eine Kefirkur gebrauchen. Außer dem Griechischen ist er mit allem unzufrieden. Im Jahre 1872 spricht er infolge eines Prozesses ernstlich davon, alles, was er in Rußland hat, zu verkaufen und sich in England anzusiedeln. Die Gräfin Tolstoi härmt sich darüber:

„Wenn Du Dich immer in Deine Griechen verbohrst, wirst Du nie gesund werden. Sie sind es, die Dir diese Angst und diese Gleichgültigkeit dem heutigen Leben gegenüber verursachen. Nicht umsonst nennt man das Griechische eine tote Sprache: ihre Wirkung ist geisttötend."

Endlich nach vielen entworfenen und gleich wieder verworfenen Projekten beginnt er am 19. März 1873 zur größten Freude der Gräfin sein neues Buch „Anna Karenina". Während er daran arbeitet, wird sein Leben durch Trauerfälle in der Familie umdüstert. Seine Frau ist krank. „Glückseligkeit herrscht nicht in diesem Hause..."

Das Werk trägt ein wenig die Spuren dieser trüben Erfahrungen und Enttäuschungen. Außer in den hübschen Kapiteln von der Verlobung Lewins spricht er von Liebe nicht mehr mit dieser jugendlichen Poesie, die gewisse Seiten in „Krieg und Frieden" neben die schönsten lyrischen Dichtungen aller Zeiten stellt. Liebe ist jetzt vielmehr eine stürmische, sinnliche und gewalttätige Angelegenheit geworden. Das Verhängnis, das über dem Roman schwebt, ist nicht mehr wie in „Krieg und Frieden" eine Art Gott Krischna, mordlustig und heiter zugleich, ein Geschick, das über Reiche entscheidet, sondern es ist die Liebestollheit, „die Göttin Venus". S i e verleiht der wunderbaren Ballszene, wo Anna und Wronski, ohne es selbst zu wissen, von der Leidenschaft erfaßt werden, der unschuldsvollen Schönheit Annas, in dem schwarzen Samtkleid mit dem Vergißmeinnichtkranz, „eine beinahe teuflische Verführungskraft". S i e läßt, nachdem Wronski sich erklärt hat, Annas Gesicht leuchten, — „nicht vor Freude: es war vielmehr das schreckliche Leuchten einer Feuersbrunst in dunkler Nacht". S i e ist es auch, die das Blut dieser braven und vernünftigen Frau, dieser liebevollen jungen Mutter in wollüstige Wallungen bringt und sich in ihrem Herzen einnistet, um es nicht eher zu verlassen, als bis sie es vollständig zerstört hat. Niemand nähert sich Anna, ohne von dem verborgenen Dämon angezogen und erschreckt zu sein. Kitty entdeckt ihn als erste voll Schauer. Eine geheimnisvolle Furcht mischt sich in Wronskis Freude, da er Anna sehen soll. Lewin verliert in ihrer Gegenwart seine ganze Willenskraft. Anna selbst weiß, daß sie nicht mehr sie selbst ist. Im weiteren Verlauf der Geschichte untergräbt die unerbittliche Leidenschaft den ganzen moralischen Halt dieser stolzen Frau Stück für Stück. Alles Gute in ihr, ihr tapferes und treues Herz verkümmert; sie hat nicht mehr die Kraft, ihre oberflächliche Eitelkeit zu opfern; ihr Leben hat keinen anderen Zweck mehr, als ihrem Liebhaber zu gefallen. Aus Angst und Scham versagt sie es sich, Kinder zu bekommen; Eifersucht martert sie. Die Sinnlichkeit, von der sie beherrscht wird, zwingt sie in Haltung, Stimme und Blick zur Lüge; sie sinkt auf die Stufe der Frauen herab, die nichts anderes wollen, als jedem Mann, wer immer er auch sei, den Kopf zu verdrehen. Um sich zu betäuben, sucht sie Zuflucht beim Morphium, bis die unerträglichen Qualen, die sie martern, sie eines Tages im bitteren Gefühl ihres moralischen Verfalls unter die Räder eines Eisenbahnwagens werfen. „Und der kleine Muschik, mit dem struppigen Bart" — die finstere Erscheinung, die sie und Wronski in ihren Träumen geschreckt hatte — „beugte sich vom Trittbrett des Wagens auf das Geleise hinunter"; und, so sagte der prophetische Traum, „er beugte sich tief herab über einen Sack undvergrub darin die Überreste von etwas, das das Leben gewesen war, das Leben mit seinen Qualen, seinen Täuschungen und seinen Schmerzen..."

„Die Rache ist mein, spricht der Herr."

Um diese Tragödie eines Herzens, das von der Liebe verzehrt und vom Gesetz Gottes zermalmt wird, — ein Werk aus einem Guß und von erschreckender Tiefe — hat Tolstoi, wie in „Krieg und Frieden", die Romane anderer Leben gruppiert. Leider folgen sich hier die nebeneinander laufenden Geschichten ein wenig willkürlich und künstlich, ohne zu einem organischen Ganzen zu werden, wie die Symphonie „Krieg und Frieden". Man wird auch finden, daß der vollkommene Realismus gewisser Szenen — z. B. die Schilderung der aristokratischen Kreise Petersburgs und ihrer müßigen Reden — manchmal im Grunde recht überflüssig ist. Und schließlich hat Tolstoi seine moralische Persönlichkeit und seine philosophischen Ideen noch offener als in „Krieg und Frieden" rein äußerlich in dieses Lebensbild hineingetragen. Deshalb aber ist das Werk von nicht geringerem wunderbaren Reichtum. Dieselbe Fülle von Gestalten wie in „Krieg und Frieden", und alle erstaunlich gut beobachtet. Die Männer erscheinen mir womöglich noch besser gelungen als die Frauen. Tolstoi hat sich darin gefallen, den liebenswürdigen Egoisten Stefan Arkadjewitsch zu zeichnen, dem niemand begegnen kann, ohne sein einnehmendes Lächeln zu erwidern, und Karenin, den vollendeten Typus des hohen Beamten, des vornehmen Durchschnittsstaatsmannes, mit der Sucht, seine wahren Gefühle dauernd hinter Ironie zu verbergen: eine Mischung aus Würde und Feigheit, Pharisäertum und Christenglauben, ein sonderbares Produkt einer künstlichen Welt, von der er sich trotz seiner Intelligenz und tatsächlichen Großzügigkeit nicht freimachen kann, — und der wohl mit Recht seinem Herzen mißtraut; denn als er sich ihm schließlich überläßt, verfällt er einem albernen Mystizismus.

Der Roman mit der Annatragödie und den verschiedenartigen Bildern der russischen Gesellschaft um 1860 — Salons, Offizierskreisen, Bällen, Theatern, Rennen — fesselt aber vornehmlich seines autobiographischen Charakters wegen. Viel mehr als irgend eine andere Figur von Tolstoi ist Konstantin Lewin seine Verkörperung. Tolstoi gab ihm nicht nur seine gleichzeitig konservativen und demokratischen Ideen eines reaktionären Landedelmanns, der die Intellektuellen verachtet, er gab ihm auch dieselben Lebensschicksale. Die Liebe Lewins und Kittys und ihre ersten Ehejahre sind eine Übertragung seiner eigenen häuslichen Erinnerungen, — ebenso wie der Tod von Lewins Bruder ein schmerzliches Heraufbeschwören des Todes von Tolstois Bruder Dmitri ist. Der ganze letzte Teil, der für den Roman unwesentlich ist, gibt uns Aufschluß über die Kümmernisse, die damals Tolstoi bewegten. Wenn das Nachwort zu „Krieg und Frieden" eine künstlerische Überleitung zu einem anderen geplanten Werke darstellt, so ist das Nachwort zu „Anna Karenina" eine autobiographische Überleitung zur moralischen Revolution, die zwei Jahre später in der „Beichte" zum Ausdruck kommen sollte. Schon innerhalb des Buches wird fortwährend, bald ironisch, bald heftig, Kritik geübt an der zeitgenössischen Gesellschaft, die er auch in seinen späteren Werken unaufhörlich bekämpfte. Krieg der Lüge, allen Lügen, den frommen sowohl wie den gottlosen, Krieg dem freisinnigen Gerede, der Wohltätigkeit der guten Gesellschaft, der Salonreligion, dem Philanthropentum! Krieg der Welt, die alle echten Gefühle verfälscht und die edle Begeisterung der Herzen unheilvoll vernichtet! Der Tod wirft ein jähes Licht auf die gesellschaftlichen Bräuche. Angesichts der sterbenden Anna wird der geschraubte Karenin gerührt. In diese Seele ohne Leben, in der alles erkünstelt ist, dringt ein Strahl von Liebe und christlicher Vergebung. Alle drei, der Gatte, die Frau und der Liebhaber, sind plötzlich verwandelt. Alles wird einfach und ohne Falsch. Aber in dem Maße, wie Anna sich erholt, merken sie alle drei, „angesichts der nahezu heiligen sittlichen Kraft, die sie innerlich leitete, das Bestehen einer anderen rohen, aber allmächtigen Macht, die ihr Leben gegen ihren Willen beherrscht und ihnen keinen Frieden gönnen wird". Und sie wissen im voraus, daß sie machtlos sein werden in diesem Kampf, in dem „sie das Böse, das die Welt für notwendig hält, werden tun müssen".

Wenn sich Lewin, im Nachwort des Buches, wie Tolstoi, den er verkörpert, auch seinerseits läutert, so geschieht das, weil der Tod auch ihn berührt hat. Bis dahin „war er unfähig zu glauben, aber ebenso unfähig, vollständig zu zweifeln". Seitdem er seinen Bruder sterben gesehen, packt ihn der Schrecken über seine Unwissenheit. Seine Heirat erstickt eine Zeitlang diese Ängste. Aber mit der Geburt seines ersten Kindes erscheinen sie wieder. Er macht abwechselnd Zeiten der Frömmigkeit und Zeiten der Gottesleugnung durch. Vergebens liest er die Philosophen. In seiner Verirrung kommt er so weit, daß er die Lockung des Selbstmordes fürchtet. Die körperliche Arbeit verschafft ihm Erleichterung: da gibt es keine Zweifel, alles ist klar. Lewin unterhält sich mit den Bauern, und einer von ihnen spricht ihm von den Menschen, „die nicht um ihretwillen, sondern um Gottes willen leben". Das ist ihm eine Erleuchtung. Er sieht den Widerstreit zwischen der Vernunft und dem Herzen. Die Vernunft lehrt den wilden Kampf ums Dasein; aber die Nächstenliebe hat nichts mit der Vernunft zu tun: „Die Vernunft hat mich nichts gelehrt; alles was ich weiß, hat mir das Herz gegeben, hat mir das Herz offenbart".

Von da ab kehrt Ruhe in ihn zurück. Das Wort des demutsvollen Muschiks, dem das Herz der einzige Führer ist, hat ihn zu Gott zurückgeführt... Zu welchem Gott? Er will es gar nicht wissen. In diesem Augenblick ist Lewin, wie Tolstoi es noch lange bleiben sollte, der Kirche ergeben und empört sich durchaus nicht gegen ihre Dogmen.

„Es gibt eine Wahrheit, selbst im Trugbild des Himmelsgewölbes und in der scheinbaren Bewegung der Gestirne."

Solche Angstzustände, solche Selbstmordgedanken, wie Lewin sie vor Kitty verbarg, verbarg Tolstoi zu jener Zeit vor seiner Frau. Aber er hatte noch nicht die Ruhe errungen, die er seinem Helden verlieh. Diese Ruhe ist in der Tat kaum zu erlangen. Man spürt, daß sie mehr ersehnt als erreicht ist, und daß Lewin sogleich wieder in seine Zweifel zurückfallen wird. Tolstoi täuschte sich darüber nicht. Es hatte ihn viel Mühe gekostet, sein Werk zu Ende zu führen. „Anna Karenina" langweilte ihn, ehe er es beendet hatte. Er konnte nicht mehr arbeiten. Er blieb untätig und willenlos als Beute des Abscheus und des Entsetzens vor sich selbst. Da erhob sich in der Leere seines Lebens ein starker Sturm aus der Tiefe, der Schwindel des Todes. Tolstoi hat später, als er gerade dem Abgrund entronnen war, von diesen schrecklichen Jahren erzählt.

„Ich war keine 50 Jahre alt", sagt er, „ich liebte, ich wurde geliebt, ich hatte gute Kinder, ein großes Gut, Ruhm, Gesundheit, sittliche und körperliche Kraft; ich konnte mähen wie ein Bauer; ich arbeitete ununterbrochen zehn Stunden, ohne zu ermüden. Plötzlich stockte mein Leben. Ich konnte atmen, essen, trinken, schlafen. Aber das war nicht leben. Ich hatte keine Wünsche mehr. Ich wußte, daß es nichts zu wünschen gab. Ich konnte sogar nicht einmal wünschen, die Wahrheit kennen zu lernen. Die Wahrheit war, daß das Leben eine Tollheit ist. Ich war am Abgrund angelangt, und ich sah klar, daß es vor mir nichts als den Tod gab. Ich gesunder und glücklicher Mensch fühlte, daß ich nicht mehr leben konnte. Eine unüberwindliche Macht trieb mich dazu, mich des Lebens zu entledigen... Ich will nicht sagen, daß ich mich töten wollte. Die Kraft, die mich zum Leben hinausstieß, war mächtiger als ich. Es war ein Sehnen, ähnlich meinem früheren Sehnen nach dem Leben, nur im entgegengesetzten Sinn. Ich mußte mir selbst gegenüber Listen ersinnen, um ihm nicht zu schnell nachzugeben. Und so versteckte ich glücklicher Mensch vor mir selbst den Strick, um mich nicht am Balken zwischen den Schränken meines Zimmers aufzuhängen, wo ich jeden Abend beim Auskleiden allein war. Ich ging nicht mehr mit meinem Gewehr auf die Jagd, um nicht in Versuchung zu geraten. Mir kam es vor, als ob mein Leben eine blöde Posse sei, die mir von irgend jemand vorgespielt wurde. Vierzig Jahre der Arbeit, der Mühe, des Fortschritts, um schließlich zu sehen, daß alles umsonst war! Umsonst! Von mir wird nichts übrig bleiben, als Verwesung und Würmer... Man kann nur leben, wenn man vom Leben berauscht ist; aber sobald der Rausch vorüber ist, sieht man, daß alles nur Betrug ist, blöder Betrug... Die Familie und die Kunst konnten mir nicht mehr genügen. Die Familie, das waren Unglückliche wie ich. Die Kunst ist ein Spiegel des Lebens. Wenn das Leben keinen Sinn mehr hat, kann das Spiel des Spiegels nicht mehr erheitern. Und dasSchlimmste war, ich konnte nicht zu mir selbst finden. Ich glich einem Menschen, der sich im Wald verirrt hat, und der von Entsetzen ergriffen wird, weil er sich verirrt hat, und nach allen Seiten rennt und nicht still stehen kann, obwohl er weiß, daß er sich bei jedem Schritt noch mehr verirrt..."

Das Heil kam vom Volk. Tolstoi hatte ihm immer „eine seltsame, geradezu körperliche Zuneigung" entgegengebracht, die von den wiederholt erlebten Enttäuschungen nicht erschüttert werden konnte. In den letzten Jahren war er, wie Lewin, vielfach mit ihm in Berührung gekommen. Er fing an, dieser Milliarden von Wesen zu gedenken, außerhalb des engen Kreises der Gelehrten, der Reichen und der Müßiggänger, die sich töteten, sich betäubten oder feige, wie er, ein hoffnungsloses Leben weiterführten. Er fragte sich, wie es möglich sei, daß diese Milliarden von Wesen jener Verzweiflung nicht anheimfielen und sich nicht töteten. Und er erkannte bald, daß sie nicht mit Hilfe der Vernunft lebten, sondern ohne sich um diese zu kümmern — durch den Glauben. Was war das für ein Glaube, der die Vernunft nicht kannte?

„Der Glaube ist die Kraft des Lebens. Man kann ohne den Glauben nicht leben. Die religiösen Ideen sind in entschwundenen Zeiten vom menschlichen Geist verarbeitet worden. Die Antworten, die der Sphinx des Lebens vom Glauben gegeben werden, enthalten die tiefste Weisheit der Menschheit."

Genügt es also, diese Weisheitssätze, die das Buch der Religionen aufgezeichnet hat, zu kennen? — Nein, der Glaube ist keine Wissenschaft, der Glaube ist eine Tat; er hat nur Sinn, wenn er gelebt wird. Der Widerwille, den Tolstoi der Anblick der Reichen und „religiösen" Leute, für die der Glaube nur eine Art „epikureischer Lebenstrost" war, einflößte, verwies ihn endgültig unter die einfachen Menschen, weil nur sie allem ihr Leben mit ihrem Glauben in Einklang brachten.

„Und er begriff, daß das Leben des werktätigen Volkes das Leben an sich war, und daß der diesem Leben innewohnende Sinn die Wahrheit war."

Aber wie soll man es anfangen, zum Volk zu gehören und seinen Glauben zu teilen? Wenn man auch wissen mag, daß die anderen recht haben, so hängt es doch nicht von uns ab, wie sie zu sein. Vergebens beten wir zu Gott; vergebens breiten wir unsere leeren Arme nach ihm aus. Gott entflieht. Wo soll man ihn fassen?

Aber eines Tages kam die Gnade.

„An einem Vorfrühlingstag war ich allein im Wald und lauschte seinem Rauschen. Ich dachte an meine Unruhe während der letzten drei Jahre, an mein Suchen nach Gott, an mein dauerndes Schwanken zwischen Freude und Verzweiflung... Und plötzlich sah ich, daß ich nur lebte, wenn ich an Gott glaubte. Wenn ich nur an ihn dachte, erhoben sich in mir die frohen Wogen des Lebens. Alles ringsum belebte sich, alles bekam einen Sinn. Aber sobald ich nicht mehr an ihn glaubte, stockte plötzlich das Leben. — ‚Was suche ich also noch?' rief eine Stimme in mir. ‚Er ist es doch, ohne den man nicht leben kann! Gott kennen und leben ist eins. Gott ist das Leben...'

Seitdem hat mich diese Leuchte nie mehr verlassen."

Er war gerettet. Gott war ihm erschienen.

Aber da er kein indischer Mystiker war, dem die Ekstase genügt, da sich in ihm der Hang zur Vernunft und der Tätigkeitsdrang des Abendländers den Träumen des Asiaten beimischte, so mußte er die ihm gewordene Offenbarung in praktischen Glauben umsetzen und aus diesem göttlichen Erleben Regeln für das tägliche Leben ableiten. Ohne jede Parteinahme, mit dem aufrichtigen Wunsch, den Glauben der Seinen zu teilen, fing er an, die Lehre der orthodoxen Kirche, der er angehörte, zu studieren. Um ihr näherzukommen, unterwarf er sich drei Jahre lang all ihren Zeremonien, beichtete, nahm das Abendmahl, wagte nicht über das, was ihn befremdete, zu Gericht zu sitzen, ersann Erklärungen für das, was er dunkel oder unverständlich fand, vereinte sich im selben Glauben mit allen Lebenden und Toten, die er liebte, und gab die Hoffnung nicht auf, daß in einem gewissen Augenblick „die Liebe ihm die Pforten der Wahrheit erschlösse". — Aber er konnte machen, was er wollte: sein Verstand und sein Herz lehnten sich dagegen auf. Handlungen wie die Taufe und das Abendmahl erschienen ihm unerhört. Wenn man ihn zwang nachzusprechen, daß die Hostie der wirkliche Leib und das wirkliche Blut Christi sei, „war es ihm, als ob man ihm ein Messer ins Herz stieße". Aber trotzdem waren es nicht die Dogmen, die zwischen ihm und der Kirche eine unübersteigbare Mauer errichteten, sondern die praktischen Fragen, — insbesondere zwei: die haßerfüllte gegenseitige Unduldsamkeit der Kirchen und die ausdrückliche oder stillschweigende Sanktionierung des Mordes: — der Krieg und die Todesstrafe.

Nun brach Tolstoi völlig mit der Kirche, und sein Bruch war um so schroffer, als er die letzten drei Jahre seinem Denken ihr gegenüber Gewalt angetan hatte. Er schonte nichts mehr. Voll Zorn trat er die Religion, auf deren Ausübung er tags zuvor noch hartnäckig bestanden hatte, mit Füßen. In seiner „Kritik der dogmatischen Theologie" (1879-1881) behandelte er sie nicht nur als „Tollheit, sondern als bewußte, eigennützige Lüge". Er stellte ihr in seiner „Konkordanz und Übersetzung der vier Evangelien" (1881-1883) das Evangelium gegenüber. Auf dem Evangelium baute er schließlich seinen Glauben auf. „Mein Glaube" (1883).

Er faßt ihn in folgende Worte:

„Ich glaube an die Lehre Christi. Ich glaube, daß das Glück auf Erden nur möglich ist, wenn alle Menschen tun werden, was diese Lehre vorschreibt."

Der Eckstein des Glaubens ist für Tolstoi die Bergpredigt, deren Hauptlehre er in fünf Gebote zusammenfaßt:

    I. Du sollst nicht in Zorn geraten.

    II. Du sollst nicht ehebrechen.

    III. Du sollst nicht schwören.

    IV. Du sollst nicht Böses mit Bösem vergelten.

    V. Du sollst niemandes Feind sein.

Das ist der negative Teil der Lehre, deren positiver Teil sich in dem einen Gebot zusammenfassen läßt:

Liebe Gott und deinen Nächsten, wie dich selbst.

„Christus hat gesagt, wer das geringste dieser Gebote übertritt, wird den geringsten Platz im Himmelreich bekommen."

Und Tolstoi fügt naiv hinzu:

„So seltsam es klingt, so habe ich doch nach achtzehn Jahrhunderten diese Regeln als etwas Neues entdecken müssen."

Glaubt nun Tolstoi etwa an die Göttlichkeit Christi? — Keineswegs. Weshalb beruft er sich dann auf ihn? Als auf den Größten aus dem Geschlecht der Weisen, — der Brahmanen, Buddha, Lao Tse, Konfuzius, Zarathustra, Jesaja, — die den Menschen das wahre Glück, das sie erstreben, gezeigt haben und den Weg, den sie beschreiten müssen. Tolstoi ist der Schüler dieser großen Religionsschöpfer, dieser Halbgötter, dieser indischen, chinesischen und jüdischen Propheten. Er verteidigt sie — was er unter verteidigen versteht: indem er angreift — gegen die, die er „Pharisäer" und „Schriftgelehrte" nennt: gegen die bestehenden Kirchen und gegen die Vertreter der stolzen Wissenschaft, oder besser „der wissenschaftlichen Scheinphilosophie". Nicht als ob er die Offenbarung gegen die Vernunft anriefe. Seitdem er die Zeiten der Bedrängnis, über die er in der „Beichte" berichtet, überwunden hat, ist und bleibt er im wesentlichen ein Vernunftgläubiger, man könnte sagen ein Vernunftmystiker.

„Im Anfang war das Wort", wiederholt er mit dem Evangelisten Johannes, „das Wort, logos, d. i. die Vernunft."

Sein Buch „Das Leben" (1887) trägt als Motto die berühmten Worte Pascals:

„Der Mensch ist nur ein Rohr, das schwächste der Natur, aber ein denkendes Rohr... Unser ganzes Ansehen beruht auf dem Denken... Bemühen wir uns also, gut zu denken: das ist das Prinzip der Sittlichkeit."

Und das ganze Buch ist ein einziger Hymnus auf die Vernunft.

Es ist wahr, daß seine Vernunft nicht die wissenschaftliche, die beschränkte Vernunft ist, „die den Teil für das Ganze hält und das tierische Leben für das ganze Leben", sondern sie ist das höchste Gesetz, das das Menschenleben lenkt, „das Gesetz, nach dem notwendigerweise die vernünftigen Wesen, d. h. die Menschen, leben müssen."

„Es ist ein Gesetz, ähnlich denen, die die Ernährung und Fortpflanzung des Tieres, das Wachsen und Blühen von Gras und Baum, die Bewegung von Erde und Sternen lenken. Erst in der Erfüllung dieses Gesetzes, in der Unterwerfung unserer Tiernatur unter das Vernunftgesetz, mit der Absicht, das Gute zu erobern, beruht unser Leben... Die Vernunft kann nicht definiert werden, und man braucht sie nicht zu definieren; denn wir alle kennen sie nicht nur, sondern wir kennen nur sie... Alles was der Mensch weiß, weiß er mittels der Vernunft und nicht des Glaubens... Das wirkliche Leben beginnt erst in dem Augenblick, da sich die Vernunft offenbart. Das einzig wahre Leben ist das auf der Vernunft aufgebaute Leben."

Was ist somit die sichtbare Existenz, unser Leben als Individuum? „Es ist nicht unser Leben," sagt Tolstoi, „denn es hängt nicht von uns ab."

„Unsere animalische Betätigung vollzieht sich außerhalb von uns selbst... Die Menschheit hat längst damit aufgeräumt, das menschliche Leben als die Existenz eines Individuums zu betrachten. Daß das Gute unmöglich dem Einzelindividuum eingeboren sein kann, ist eine unumstößliche Wahrheit für jeden Menschen unserer Zeit, der mit Vernunft begabt ist."

Es gibt da eine Reihe von Forderungen, worüber ich hier nicht zu sprechen habe, die aber zeigen, mit welcher Leidenschaft die Vernunft sich Tolstois bemächtigt hatte. Im Grunde beherrschte ihn diese neue Leidenschaft nicht weniger blind und eifersüchtig, als jene anderen Leidenschaften, die ihn während der ersten Hälfte seines Lebens erfaßt hatten. Das eine Feuer erlischt, das andere entzündet sich. Oder vielmehr, es ist immer das nämliche. Nur die Nahrung, die es erhält, wechselt.

Was diese Ähnlichkeit zwischen den Leidenschaften des Individuums und der Leidenschaft des Vernunftmenschen noch verstärkt, ist, daß es der einen wie den anderen nicht genügt, zu lieben, sie wollen handeln, sie wollen sich in die Tat umsetzen.

„Man soll nicht reden, sondern handeln", sagt Christus.

Und worin besteht die Betätigung der Vernunft? — In der Liebe.

„Die Liebe ist die einzige vernunftgemäße Betätigung des Menschen, die Liebe ist der vernünftigste und lichtreichste Zustand der Seele. Alles, was der Mensch braucht, ist, daß nichts ihm die Sonne der Vernunft verberge, die allein ihn zum Wachstum bringt... Die Liebe ist das wahre Gut, das höchste Gut, das alle Widersprüche des Lebens aufhebt, das nicht nur die Schrecken des Todes verscheucht, sondern auch den Menschen dazu treibt, daß er sich für andere opfere; denn es gibt keine andere Liebe als die, welche ihr Leben hingibt für die, so sie liebt. Die Liebe ist nur dann dieses Namens wert, wenn sie sich selbst zum Opfer bringt. So ist denn auch die echte Liebe nur in die Wirklichkeit umzusetzen, wenn der Mensch begreift, daß ein persönliches Glück für ihn unmöglich zu erreichen ist. Dann erst versehen alle seine Lebenssäfte das edle Reis der echten Liebe mit Nahrung; und dieses Reis entnimmt seine ganze Wachstumskraft dem Stamme dieses wilden Baumes, dem Instinkt des Individuums."

So gelangt Tolstoi nicht zum Glauben wie ein ausgetrockneter Fluß, der sich im Sand verliert, er bringt den Strom ungestümer Kräfte mit, die sich während eines reichen Lebens angesammelt haben. — Man wird es noch im einzelnen sehen.

Dieser leidenschaftliche Glaube, in dem sich Vernunft und Liebe in inniger Verbindung einen, findet seinen erhabensten Ausdruck in der berühmten Antwort an den heiligen Synod, der ihn in den Kirchenbann tat:

„Ich glaube an Gott, der für mich der Geist, die Liebe, der Urquell aller Dinge ist. Ich glaube, daß er in mir ist, wie ich in ihm bin. Ich glaube, daß der Wille Gottes nie klarer ausgedrückt wurde, als in der Lehre des Menschen Jesus Christus; aber man kann Christum nicht als Gott ansehen und ihn anbeten, ohne die größte Gotteslästerung zu begehen. Ich glaube, daß das wahre Glück des Menschen in der Erfüllung des Willens Gottes beruht; ich glaube, daß es der Wille Gottes ist, daß jeder Mensch seine Nächsten liebe und stets gegen sie handle, wie er möchte, daß sie gegen ihn handeln, was, wie das Evangelium sagt, der Geist des Testamentes und der Propheten ist. Ich glaube, daß für jeden von uns der Sinn des Lebens nur darin besteht, die Liebe in uns zu vergrößern; ich glaube, daß diese Entfaltung unserer Liebeskraft einem täglich wachsenden Glück in diesem Leben und einer vollkommeneren Glückseligkeit im Jenseits gleichkommt; ich glaube, daß dieses Wachsen der Liebe, mehr als jede andere Kraft, beitragen wird zur Gründung des Reiches Gottes auf Erden, indem es eine Lebensordnung, in der Zwist, Lüge und Gewalt allmächtig sind, ersetzt durch eine Einrichtung, in der Eintracht, Wahrheit und Brüderlichkeit herrschen werden. Ich glaube, daß es nur ein Mittel gibt, in der Liebe fortzuschreiten: das Gebet. Nicht das öffentliche Gebet in den Tempeln, das Christus ausdrücklich verworfen hat (Matthäi VI, 5-13), sondern das Gebet, zu dem er selbst uns das Beispiel gegeben hat, das Gebet des einzelnen, das in uns das Bewußtsein vom Sinn unseres Lebens und das Gefühl, daß wir nur vom Willen Gottes abhängen, wieder stärkt... Ich glaube an das ewige Leben, ich glaube, daß dem Menschen seine Taten vergolten werden, hier und überall, jetzt und immerdar. Ich glaube dies alles so fest, daß ich in meinem Alter, an der Schwelle des Grabes, mir oft Gewalt antun muß, um nicht den Tod meines Leibes zu erflehen, will sagen meine Geburt zu einem neuen Leben..."

Er glaubte, er sei im Hafen gelandet und habe die Zufluchtsstätte erreicht, wo seine unruhige Seele Ruhe finden könnte. Es war nur der Auftakt zu neuer Unruhe.

Nachdem er einen Winter in Moskau zugebracht hatte (aus Familienrücksichten mußte er den Seinen dorthin folgen), gab ihm im Januar 1882 die Volkszählung, an der man ihn teilnehmen ließ, Gelegenheit, das Elend der großen Städte aus der Nähe zu sehen. Der Eindruck, den es auf ihn machte, war erschreckend. Am Abend des Tages, an dem er zum erstenmal mit dieser verborgenen Wunde der Zivilisation in Berührung gekommen war und einem Freund erzählte, was er gesehen hatte, "hub er an zu klagen, zu weinen und die Faust zu ballen."

"So kann man nicht leben!" sagte er unter Schluchzen. "Das kann nicht sein! Das kann nicht sein!..." Für Monate verfiel er wieder in schreckliche Verzweiflung. Die Gräfin Tolstoi schrieb ihm am 3. März 1882:

"Vor kurzem sagtest Du: ‚Aus Mangel an Glauben wollte ich mich aufhängen'. Jetzt hast Du den Glauben, warum bist Du also unglücklich?"

Weil er nicht den Glauben des Pharisäers hatte, den scheinheiligen und selbstzufriedenen Glauben, weil er nicht den Egoismus des mystischen Denkers besaß, der allzu beschäftigt mit seinem Heil ist, als daß er an das der anderen denken könnte, weil er voll Liebe war, weil er die Elenden, die er gesehen hatte, nicht mehr vergessen konnte, und weil es ihm in der leidenschaftlichen Güte seines Herzens schien, daß er für ihre Leiden und ihre Erniedrigung verantwortlich sei: sie waren die Opfer jener Zivilisation, an deren Vorrechten er teilhatte, jenes Molochs, dem eine auserwählte Kaste Millionen von Menschen opferte. Die Wohltaten solcher Verbrechen genießen, hieß an ihnen teilnehmen. Sein Gewissen hatte keine Ruhe mehr, bis er sie nicht aufgedeckt hatte.

"Was sollen wir denn tun?" (1884-1886) ist der Ausdruck dieser zweiten Krisis, die viel tragischer und viel folgenschwerer war als die erste. Was bedeuteten Tolstois eigene religiöse Ängste in diesem Meer menschlichen Elends, eines Elends, das tatsächlich war und nicht nur ausgedacht vom Geist eines Müßiggängers, der sich langweilt? Es war unmöglich, dieses Elend nicht zu sehen. Und unmöglich, nicht um jeden Preis den Versuch zu machen, es zu unterdrücken, nachdem man es einmal gesehen hatte. — Aber ach, ist dies überhaupt möglich?...

Ein wundervolles Bildnis Tolstois aus jener Zeit, das ich nicht ohne Rührung betrachten kann, sagt zur Genüge, was er damals litt. Es stellt ihn von vorne gesehen dar, sitzend mit verschränkten Armen, im Muschikkittel; er schaut niedergedrückt drein. Sein Haar ist noch schwarz, sein Schnurrbart schon grau, sein Kinn- und Backenbart ganz weiß. Eine doppelte Falte gräbt eine harmonische Furche in die schöne hohe Stirn. So viel Güte liegt in der breiten treuen Hundenase, in den Augen, die einen so frei, so klar, so traurig anschauen! Sie lesen so sicher in einem! Sie klagen und bitten. Das Gesicht ist eingefallen, zeigt Spuren des Leides, tiefe Runzeln unter den Augen. Er hat geweint. Aber er ist stark und kampfbereit.

Seine Logik war heldenhaft.

„Ich wundere mich immer über die so oft wiederholten Worte: ‚Ja, das ist ganz schön in der Theorie, aber wie wird es in der Praxis sein?' Als ob die Theorie in schönen Worten für die Unterhaltung bestände, aber keineswegs um sie zur Praxis werden zu lassen!... Wenn ich eine Sache, über die ich nachgedacht, verstanden habe, dann kann ich sie nicht anders ausführen, als wie ich sie verstanden habe."

Er fängt an, das Elend in Moskau, wie er es im Verlauf seiner Besuche in den Armenvierteln und in den Nachtasylen gesehen hat, mit photographischer Treue zu beschreiben. Er überzeugt sich davon, daß er diese Unglücklichen, die mehr oder weniger von der Verderbnis der Städte ergriffen sind, nicht, wie er erst geglaubt hatte, mit Geld retten kann. Nun sucht er energisch den Ursprung des Übels zu ergründen. Und Glied um Glied entrollt sich die fürchterliche Kette der Verantwortlichkeit. Zunächst die Reichen und das Gift ihres verfluchten Luxus, der lockt und verdirbt. Die allgemeine Versuchung des Lebens ohne Arbeit. — Dann der Staat, diese mörderische Einrichtung, die von den Gewalthabern geschaffen wurde, um zu ihrem Nutzen die übrige Menschheit auszurauben und zu beherrschen. — Die Kirche, die Wissenschaft und die Kunst als Spießgesellen ... Wie soll man alle diese Heere des Bösen bekämpfen? Zuvörderst, indem man ablehnt, in sie einzutreten. Indem man ablehnt, an der Ausbeutung der Menschheit teilzunehmen. Indem man auf Geld und irdischen Besitz verzichtet. Indem man dem Staate nicht dient.

Aber das ist nicht genug; man soll „nicht lügen", man soll keine Angst vor der Wahrheit haben. Man soll „bereuen" und den schon von der Schule her eingewurzelten Hochmut ausrotten. Schließlich soll man körperliche Arbeit tun. ‚Im Schweiße deines Angesichtes sollst du dein Brot essen' ist das oberste und wichtigste Gebot. Und Tolstoi sagt im voraus als Antwort auf die Spöttereien der Vornehmen, daß die körperliche Arbeit in nichts die geistigen Kräfte hemme, sondern daß sie sie im Gegenteil steigere, und daß sie den normalen Forderungen der Natur entspreche. Die Gesundheit kann dabei nur gewinnen; die Kunst noch mehr. Außerdem stellt sie die Einigkeit unter den Menschen wieder her.

In seinen folgenden Werken geht Tolstoi daran, diese Vorschriften der moralischen Gesundheitslehre zu vervollständigen. Er bemüht sich, die Seelenkur zu Ende zu führen und die Energie zu stärken, indem er die lasterhaften Vergnügungen, die das Gewissen einschläfern, und die grausamen Vergnügungen, die es töten, in Acht und Bann tut. Er selbst gibt das Beispiel. Im Jahre 1884 hat er seine zutiefst eingewurzelte Leidenschaft zum Opfer gebracht: die Jagd. Er übt die Enthaltsamkeit, die den Willen stählt. Wie ein Wettkämpfer, der sich eine strenge Zucht auferlegt, um siegreich zu fechten.

„Was sollen wir denn tun?" bezeichnet die erste Strecke auf dem schwierigen Wege, den Tolstoi damit beschritt, daß er die verhältnismäßig friedliche Tätigkeit religiöser Betrachtung aufgab und sich in soziale Fragen verwickelte. Und von diesem Augenblick an begann jener zwanzigjährige Krieg gegen die Verbrechen und Lügen der Zivilisation, den der greise Prophet von Jasnaja Poljana im Namen des Evangeliums führte, allein, außerhalb aller Parteien und gegen sie alle.

In seiner Umgebung begegnete der moralische Umschwung Tolstois nur geringer Sympathie; er betrübte die Seinen aufs tiefste. Seit langem schon beobachtete die Gräfin Tolstoi in Unruhe das Fortschreiten eines Übels, das sie vergebens bekämpfte. Vom Jahre 1874 ab war sie unwillig darüber, ihren Gatten so viel Kraft und Zeit an Arbeiten für die Schule verlieren zu sehen:

„Ich verachte diese Fibel, diese Rechenlehre, diese Grammatik, und ich kann nicht so tun, als ob ich mich dafür interessierte."

Ganz anders war es, als auf die Pädagogik die Religion folgte. So feindselig war die Aufnahme, die die Gräfin den ersten Bekenntnissen des jüngst Bekehrten bereitete, daß Tolstoi die Verpflichtung verspürt, sich zu entschuldigen, wenn er in seinen Briefen von Gott spricht:

„Ärgere Dich nicht, wie Du es manchmal tust, wenn ich Gott erwähne; ich kann es nicht vermeiden, denn er ist der Urgrund meines Denkens."

Die Gräfin ist zweifellos gerührt; sie versucht, ihre Ungeduld nicht merken zu lassen, aber sie begreift nicht; sie beobachtet ihren Gatten voll Unruhe:

„Seine Augen sind seltsam, starr. Er spricht fast gar nicht. Er scheint nicht von dieser Welt zu sein."

Sie glaubt, daß er krank ist:

„Leo arbeitet, wie er sagt, immer. Unglückseligerweise schreibt er irgendwelche religiösen Abhandlungen. Er liest und grübelt, bis er Kopfschmerzen bekommt, und alles das, um zu beweisen, daß die Kirche nicht mit der Lehre des Evangeliums übereinstimme. In Rußland finden sich kaum zehn Personen, die das interessieren könnte. Aber da ist nichts zu wollen. Ich wünsche nur eines: daß er schnellstens ein Ende damit mache, und daß es wie eine Krankheit vorübergehe."

Die Krankheit ging nicht vorüber. Das Verhältnis zwischen den beiden Gatten wurde immer peinlicher. Sie liebten sich, sie hatten die höchste Achtung voreinander; aber sie konnten sich nicht verstehen. Sie versuchten, sich gegenseitige Zugeständnisse zu machen, die — wie das gewöhnlich ist — zu gegenseitigen Quälereien wurden. Tolstoi fühlte sich verpflichtet, den Seinen nach Moskau zu folgen. Er schrieb in sein Tagebuch:

„Der übelste Monat meines Lebens. Die Einrichtung in Moskau. Alle richten sich ein. Wann werden sie wohl zu leben anfangen? Alles das, nicht um zu leben, sondern weil die anderen Leute es ebenso machen! Diese Unglücklichen!..."

In diesen selben Tagen schrieb die Gräfin:

„Moskau. Morgen wird es einen Monat, daß wir hier sind. In den beiden ersten Wochen habe ich jeden Tag geweint, weil Leo nicht nur traurig, sondern geradezu niedergeschlagen war. Er schlief nicht, er aß nicht, und manchesmal weinte er sogar; ich glaubte, ich würde verrückt."

Sie mußten sich eine Zeitlang trennen. Sie bitten einander um Verzeihung, daß sie sich Leid zufügen. Wie lieben sie sich immer noch!... Er schreibt ihr:

„Du sagst: ‚Ich liebe Dich, aber Du brauchst meine Liebe nicht.‘ Deine Liebe ist das einzige, was ich brauche... sie erfreut mich mehr als alles auf der Welt."

Aber sobald sie sich wieder zusammenfinden, macht sich der Mißklang wieder bemerkbar. Die Gräfin vermag nun einmal nicht Tolstois religiösem Hang zu folgen, der ihn jetzt dazu treibt, bei einem Rabbiner Hebräisch zu erlernen.

„Nichts anderes interessiert ihn mehr. Er verschwendet seine Kräfte an Albernheiten. Ich kann meine Unzufriedenheit nicht verbergen."

Sie schreibt ihm:

„Ich bin nur traurig darüber, daß solche geistigen Kräfte sich mit Holzhacken, Schuhflicken und Samowarheizen verausgaben."

Und mit dem zärtlichen und amüsierten Lächeln einer Mutter, die ihr Kind allerlei unsinnige Spiele treiben sieht, fügt sie hinzu:

„Schließlich habe ich mich mit dem russischen Sprichwort getröstet: ‚Wie das Kind sich auch zerstreut, Hauptsach' ist, daß es nicht schreit.'"

Aber bevor der Brief noch abgeschickt ist, sieht sie in Gedanken, wie ihr Mann mit seinen guten, treuherzigen Augen diese Zeilen liest, und wie der ironische Ton ihn betrübt; und ihre Liebe zu ihm läßt sie den Brief wieder öffnen:

„Plötzlich hast Du so klar vor mir gestanden, und ich habe eine solche Zärtlichkeit für Dich empfunden! In Dir ist etwas so Weises, so kindlich Einfaches, so Treues, und alles das von hellster Güte überstrahlt, und dieser Blick, der bis ins Herz dringt... und nur Dir allein ist dies eigen."

So quälten sich diese beiden Wesen, die einander liebten, und waren dann trostlos über das Böse, das sie getan hatten, ohne es verhindern zu können. Eine Schraube ohne Ende! Dieser Zustand dauerte an die dreißig Jahre, und er fand erst seinen Abschluß, als der sterbende alte König Lear in einer Stunde der Umnachtung fort aus seinem Hause in die Steppe flüchtete.

Man hat den ergreifenden Aufruf an die Frauen, mit dem „Was sollen wir denn tun?" abschließt, nicht genügend beachtet. Tolstoi hat keine Sympathie für die moderne Frauenbewegung. Aber für die, die er „die mütterliche Frau" nennt, für die, die den wahren Sinn des Lebens kennt, hat er Worte ehrfurchtsvoller Anbetung. Er hält eine herrliche Lobrede auf ihre Schmerzen und ihre Freuden, auf die Schwangerschaft und auf die Mutterschaft, diese schrecklichen Leiden, diese ruhelosen Jahre, auf diese erschöpfende Arbeit in aller Stille, für die man von niemand eine Belohnung erwartet, auf diese Glückseligkeit, die die Seele überflutet, wenn der Schmerz endet, wenn das Gebot erfüllt ist. Er entwirft das Bild der tapferen Ehefrau, die für ihren Mann eine Stütze und kein Hindernis ist. Sie weiß, daß „nur das blinde unbelohnte Opfer für das Leben der anderen des Menschen Berufung ist".

„Eine solche Frau wird nicht nur ihren Mann bei einer verkehrten und trügerischen Arbeit, die bloß den Zweck hat, aus der Arbeit anderer Genuß zu ziehen, nicht ermutigen, sondern sie wird diese Tätigkeit, die ein Verderb für ihre Kinder wäre, mit Entsetzen und Abscheu betrachten. Sie wird von ihrem Gefährten die echte Arbeit verlangen, die Tatkraft erfordert und die Gefahr nicht scheut... Sie weiß, daß die Kinder, die kommende Generation, das Heiligste sind, was dem Menschen anvertraut ist, und daß sie lebt, um mit ihrem ganzen Sein diesem geheiligten Werk zu dienen. Sie wird in ihren Kindern und in ihrem Ehegatten die Kraft zum Opfern zur Entfaltung bringen... Solche Frauen beherrschen die Männer und dienen ihnen als Leitstern... O, ihr mütterlichen Frauen! In euren Händen ruht das Heil der Welt!"

Das ist der Ruf eines Flehenden, der noch hofft... Wird er kein Gehör finden?...

Einige Jahre später war der letzte Hoffnungsstrahl erloschen:

„Sie glauben es vielleicht nicht; aber Sie können sich nicht vorstellen, wie vereinsamt ich bin, bis zu welchem Grad mein wirkliches Ich von meiner ganzen Umgebung mißachtet wird."

Wenn die ihm Nahestehenden die Bedeutung seines moralischen Umschwungs schon so verkannten, dann konnte man von den anderen weder mehr Einfühlung noch mehr Achtung erwarten. Als Tolstoi besonderen Wert darauf gelegt hatte, sich mit Turgenjew zu versöhnen, mehr aus dem Geiste christlicher Demut heraus, als weil sich etwas in seinen Empfindungen ihm gegenüber geändert hatte, äußerte Turgenjew spöttisch: „Ich beklage Tolstoi sehr, im übrigen aber muß jeder, wie der Franzose sagt, seine Flöhe nach seiner Manier fangen."

Ein paar Jahre später, angesichts des Todes, schrieb er an Tolstoi jenen bekannten Brief, in dem er seinen „Freund, den großen Schriftsteller der russischen Erde", anfleht, „zur Literatur zurückzukehren".

Alle europäischen Künstler schlossen sich dieser Besorgnis und der Bitte des sterbenden Turgenjew an. Eugen Melchior de Vogüé nahm am Ende der Studie, die er 1886 Tolstoi widmete, ein Bildnis des Schriftstellers im Bauernkittel, die Schusterahle in der Hand, zum Vorwand, um einen beredten Appell an ihn zu richten:

„Schöpfer von Meisterwerken, dies ist nicht dein Werkzeug!... Unser Werkzeug ist die Feder; unser Feld die Menschenseele, die es auch zu schützen und zu nähren gilt. Laß dir jenen Schrei eines russischen Bauern — des ersten Druckers von Moskau —, den man wieder an den Pflug zurückschicken wollte, ins Gedächtnis rufen: ‚Es ist nicht meines Amtes, Getreide zu säen, sondern die geistigen Saatkörner in der Welt zu verbreiten'."

Als ob Tolstoi je daran gedacht hätte, seine Rolle als Sämann der Gedankensaat aufzugeben. In der Einleitung zu „Mein Glaube" schrieb er: „Ich glaube, daß mein Leben, mein Verstand, mein Licht mir geschenkt wurde, ausschließlich um die Menschen zu erleuchten. Ich glaube, daß meine Kenntnis der Wahrheit eine Begabung ist, die mir zu diesem Zweck verliehen wurde, daß diese Begabung ein Feuer ist, das nur Feuer ist, solange es brennt. Ich glaube, daß der einzige Sinn meines Lebens der ist, in diesem Lichte, das in mir ist, zu leben, und es hoch vor den Menschen einherzutragen, auf daß sie es sehen."

Aber dieses Licht, dieses Feuer, „das nur Feuer ist, solange es brennt", versetzte die meisten Künstler in Unruhe. Die Klügsten sahen voraus, daß ihre Kunst Gefahr lief, die Beute des Brandes zu werden. Sie taten, als glaubten sie, die ganze Kunst sei bedroht, und Tolstoi zerbräche wie Prospero für immer seinen Zauberstab der schöpferischen Phantasie.

Nichts ist weniger wahr gewesen; und ich gedenke darzutun, daß Tolstoi, weit davon entfernt, die Kunst zu zerstören, Kräfte in sich entfaltet hat, die brachlagen, und daß sein religiöser Glaube seinen künstlerischen Genius erneuert und nicht zerstört hat.

Es ist seltsam, daß, wenn man von Tolstois Gedanken über Wissenschaft und Kunst spricht, man gewöhnlich das bedeutsamste der Bücher, in dem diese Gedanken zum Ausdruck gebracht sind, „Was sollen wir denn tun?" (1884-1886), außer acht läßt. In ihm nimmt Tolstoi zum erstenmal den Kampf gegen Wissenschaft und Kunst auf; und nie wieder hat irgendeiner der folgenden Kämpfe diesen ersten Waffengang an Heftigkeit übertroffen. Man wundert sich, daß bei den jüngsten Angriffen, die man bei uns gegen die Selbstgefälligkeit der Wissenschaft und der Intellektuellen unternommen hat, niemand daran gedacht hat, auf jenes Werk zurückzukommen. Es bildet die furchtbarste Anklagerede, die je gegen „die Eunuchen der Wissenschaft" und die „Freibeuter der Kunst" gehalten wurde, gegen diese Kasten des Geistes, die, nachdem sie die alten herrschenden Kasten — Kirche, Staat und Heer — abgeschafft oder unterjocht, sich an deren Stelle gesetzt haben und, ohne den Menschen nützen zu wollen oder zu können, verlangen, daß man sie bewundere, und daß man ihnen blind diene, die einen schamlosen Glauben an die Wissenschaft um der Wissenschaft willen und an die Kunst um der Kunst willen als Dogma aufstellen, — eine lügnerische Maske, hinter der sich ihre persönliche Rechtfertigung zu verbergen sucht, die Verteidigung ihrer ungeheueren Selbstsucht und ihrer Nichtigkeit.

„Sagt mir nicht etwa," fährt Tolstoi fort, „daß ich Kunst und Wissenschaft verwerfe. Ich verwerfe sie nicht nur nicht, sondern in ihrem Namen will ich die Tempelschänder verjagen."

„Wissenschaft und Kunst sind so notwendig wie Brot und Wasser, sogar noch notwendiger... Die wahre Wissenschaft ist die Wissenschaft von der wahren Güte in allen Menschen. Die wahre Kunst ist der Ausdruck der Kenntnis von der wahren Güte in allen Menschen."

Und er verherrlicht die, welche, „seit Menschen sind, auf Harfen und Zimbeln, durch Wort und Bild ihren Kampf gegen die Doppelzüngigkeit zum Ausdruck gebracht haben; er verherrlicht ihre Leiden in diesem Kampf, ihre Hoffnung auf den Sieg des Guten, ihre Verzweiflung über den Sieg des Bösen und ihre Begeisterung beim prophetischen Schauen in die Zukunft".

Dann entwirft er das Bild des wahren Künstlers in Worten, die von schmerzerfülltem und schwärmerischem Feuer durchglüht sind:

„Die Betätigung von Wissenschaft und Kunst ist nur fruchtbringend, wenn sie sich kein Recht herausnimmt und nur Pflichten kennt. Nur weil ihre Betätigung dieser Art ist, weil ihr Wesen das Opfer ist, verehrt die Menschheit sie. Die Menschen, die berufen sind, den anderen durch Geistesarbeit zu dienen, leiden immer in der Ausübung dieser Arbeit; denn die geistige Welt gebärt nur in Schmerzen und Qualen. Opfern und leiden, das ist das Los des Denkers und Künstlers; denn sein Ziel ist das Wohl der Menschen. Die Menschen sind unglücklich, sie leiden, sie sterben; man hat nicht Zeit zum Müßiggang und Vergnügen. Der Denker oder der Künstler verirrt sich nie in olympische Höhen, wie wir zu glauben gewohnt sind; er ist immer in Bedrängnis und Erregung. Er soll entscheiden und sagen, was dem Menschen Heil bringt, was ihn vom Leiden erlöst, und er hat es noch nicht entschieden, er hat es noch nicht gesagt; und morgen wird es vielleicht zu spät sein, und er wird sterben... Nicht der ist Denker und Künstler, der in einem Institut ausgebildet wird, in dem man Künstler und Gelehrte heranbildet (um die Wahrheit zu sagen, man bildet dort Vernichter von Kunst und Wissenschaft heran), nicht der ist es, der Diplome und eine Anstellung bekommt, sondern der ist es, der glücklich wäre, nicht zu denken und nicht d e m Ausdruck zu verleihen, was ihm in die Seele gesenkt wurde, der sich dem aber nicht entziehen kann; denn zwei unsichtbare Mächte treiben ihn dazu: sein innerer Drang und seine Menschenliebe. Es gibt keine satten, genießerischen, selbstzufriedenen Künstler."

Diese herrlichen Zeilen, die ein tragisches Licht auf Tolstois Genie werfen, waren geschrieben unter dem augenblicklichen Einfluß des Kummers, den der Anblick des Elends in Moskau in ihm hervorrief, und in der Überzeugung, daß Kunst und Wissenschaft Mitverschworene des ganzen bestehenden Systems gesellschaftlicher Ungleichheit und heuchlerischer Gewalttätigkeit seien. — Diese Überzeugung sollte er nie verlieren. Aber der Eindruck von seinem ersten Zusammentreffen mit dem Weltelend mußte sich allmählich abschwächen; die Wunde hört auf zu bluten; und in keinem seiner späteren Bücher findet man das von Schmerz und rächendem Zorn erfüllte Beben, das dieses Buch durchzittert: nirgends dieses erhabene Glaubensbekenntnis des Künstlers, der mit seinem Herzblut schafft, diese Begeisterung für Opfer und Leid, „die des Denkers Los sind", diese Verachtung der olympischen Kunst Goethescher Art. Die Arbeiten, in denen er später die Kritik der Kunst wieder aufnimmt, behandeln die Frage vom literarischen und weniger vom gefühlsmäßigen Standpunkt aus; das Problem der Kunst wird darin gesondert von jenem menschlichen Elend behandelt, an das Tolstoi nicht denken kann, ohne außer sich zu geraten, wie an dem Abend nach seinem Besuch im Nachtasyl, wo er bei seiner Heimkehr verzweiflungsvoll weint und schluchzt.

Man könnte nicht behaupten, daß jene lehrhaften Werke jemals kalt seien. Kalt zu sein ist ihm überhaupt unmöglich. Bis an sein Lebensende bleibt er derselbe, der einst an Fet schrieb:

„Wenn man seine Gestalten, selbst die unwesentlichsten, nicht liebt, muß man sie derart schlechtmachen, daß es dem Himmel heiß wird, oder sich über sie lustig machen, bis einem der Bauch platzt."

In seinen Schriften über die Kunst läßt er sich nichts davon entgehen. Die negative Seite — Beleidigungen und beißender Spott — ist darin so stark, daß nur sie Eindruck auf die Künstler gemacht hat. Er traf damit ihren Aberglauben und ihre Empfindlichkeit zu heftig, als daß sie nicht in dem Feind ihrer Kunst den Feind jeglicher Kunst überhaupt gesehen hätten. Aber immer geht die Kritik bei Tolstoi Hand in Hand mit Besserungsvorschlägen. Er reißt niemals nieder, um niederzureißen, sondern um wiederaufzurichten. Und in seiner Bescheidenheit behauptet er sogar, nichts Neues aufzubauen; er verteidigt die Kunst, die immer war und immer sein wird, gegen die falschen Künstler, die sie ausbeuten und herabwürdigen:

„Die echte Wissenschaft und die echte Kunst haben immer bestanden und werden immer bestehen; es ist unmöglich und nutzlos, sie in Abrede zu stellen", schrieb er mir im Jahre 1887 in einem Brief, zehn Jahre bevor seine berühmte Abhandlung über die Kunst erschien. „Das ganze Übel von heute kommt daher, daß die sogenannten zivilisierten Leute, denen die Gelehrten und Künstler zur Seite stehen, eine privilegierte Kaste sind, wie die Priester. Und diese Kaste hat alle Fehler einer jeden Kaste. Sie erniedrigt und entwürdigt das Prinzip, in dessen Namen sie sich bildet. Das, was man bei uns Wissenschaft und Kunst nennt, ist nichts als ein grenzenloser H u m b u g , ein großer Aberglaube, auf den wir gewöhnlich hereinfallen, sobald wir uns von dem alten Kirchenaberglauben freigemacht haben. Will man den Weg, den man zu beschreiten hat, klar vor sich sehen, so muß man beim Anfang anfangen, — man muß die Kapuze, die wohl wärmt, aber die Augen verdeckt, abnehmen. — Die Versuchung ist groß. Wir werden auf einer gewissen Höhe geboren, oder wir schwingen uns zu ihr auf; und wir finden uns unter den Bevorzugten, den Priestern der Zivilisation, der K u l t u r , wie die Deutschen sagen. Wir bedürfen, wie die brahmanischen oder katholischen Priester, großer Aufrichtigkeit und Wahrheitsliebe, um die Grundsätze, die uns diese vorteilhafte Stellung sichern, anzuzweifeln. Aber ein ernster Mensch, den das Problem des Lebens beschäftigt, kann nicht zögern. Um zum klaren Schauen durchzudringen, müssen wir uns von dem Aberglauben freimachen, wo immer er sich findet, selbst wenn er uns Vorteile brächte. Das ist eine conditio sine qua non... Nicht abergläubisch sein. Sich in die Gemütsverfassung eines Kindes oder eines Cartesius versetzen..."

Diesen modernen Kunstaberglauben, in dem sich gewisse Kreise gefallen, „diesen Mordshumbug", deckt Tolstoi in seinem Buche „Was ist Kunst?" auf. Schonungslos zeigt er das Lächerliche daran, die Armseligkeit, die Heuchelei, die vollständige Verderbnis. Er macht reinen Tisch mit allem. Er bringt zu dieser Zerstörungsarbeit die Freude eines Kindes mit, das seine Spielsachen entzweischlägt. Dieser ganze kritische Teil ist oft voller Humor, aber auch voller Ungerechtigkeit: dafür ist es eine Kampfschrift. Tolstoi bedient sich jeder Waffe und haut darauf los, ohne achtzugeben, wen er trifft. So kommt es recht häufig vor — wie in allen Schlachten — , daß er Leute verwundet, die er hätte verteidigen müssen, z. B. Ibsen oder Beethoven. Das ist der Nachteil seiner Heftigkeit, die ihm nicht genügend Zeit zur Überlegung läßt, bevor es zum Handeln kommt, seiner blinden Leidenschaft, die ihn oft die Schwäche seiner Gründe nicht erkennen läßt, und — sagen wir es offen — es ist auch die Folge seiner unzureichenden künstlerischen Kultur.

Was kann er, abgesehen von seinem literarischen Wissen, schließlich von der zeitgenössischen Kunst kennen? Was hat dieser Landedelmann, der drei Viertel seines Lebens in seinem moskowitischen Dorf zubrachte, der seit 1860 nicht mehr nach Europa gekommen ist, von Malerei sehen, was hat er von europäischer Musik hören können? Und was hat er sonst, die Schulen ausgenommen, die allem ihn interessierten, gesehen? Die Malerei beurteilt er nach dem Hörensagen, nennt als „Dekadente" Puvis, Manet, Monet, Böcklin, Stuck und Klinger bunt durcheinander, bewundert in bestem Glauben Jules Breton und Lhermitte wegen ihrer guten Gesinnung, verachtet Michelangelo und erwähnt unter den Malern, die sich in das Seelenleben ihrer Modelle zu vertiefen wußten, nicht einmal Rembrandt. — Für die Musik hat er ein viel feineres Verständnis, aber er kennt sie kaum: er kommt über seine Kindheitseindrücke nicht hinaus, hält sich an jene, die schon um 1840 zu den Klassikern gehörten, und hat (außer Tschaikowsky, dessen Musik ihn zum Weinen bringt) seitdem nichts kennengelernt; er wirft im Grunde Brahms und Richard Strauß in einen Topf, erteilt Beethoven eine Lektion und glaubt nach einer einzigen „Siegfried"-Aufführung, die er nicht einmal von Anfang an und nur bis zur Mitte des zweiten Aktes gehört hat, genug von Wagner zu kennen, um über ihn zu urteilen. — In der Literatur weiß er selbstverständlich etwas besser Bescheid. Und doch, aus welch sonderbarer Verirrung mag er es gerade vermeiden, die russischen Schriftsteller, die er gut kennt, zu beurteilen, während er es sich angelegen sein läßt, fremde Dichter abzuurteilen, deren Wesensart von der seinen grundverschieden ist, und in deren Büchern er nur mit überlegener Nachlässigkeit blättert!

Sein unbekümmertes Selbstvertrauen wächst noch mit dem Alter. Schließlich kommt er so weit, ein Buch zu schreiben, um zu beweisen, daß Shakespeare „kein Künstler" war.

„Er konnte weiß Gott was gewesen sein, aber ein Künstler war er nicht!"

Diese Sicherheit muß man bewundern. Tolstoi schwankt nicht. Er untersucht nichts. Sein ist die Wahrheit. Er sagt ohne weiteres:

„Die Neunte Symphonie ist ein Werk, das die Menschen entzweit."

Oder:

„Außer der berühmten Air für Violine von Bach, dem Nocturno in Es-Dur von Chopin und etwa zehn ausgewählten Stücken von Haydn, Mozart, Weber, Beethoven und Chopin, und selbst diesen nicht ganz, kann alles übrige zurückgewiesen und mißachtet werden als eine Kunst, die die Menschen entzweit."

Oder:

„Ich werde beweisen, daß Shakespeare selbst nicht als Schriftsteller vierter Ordnung betrachtet werden kann. Und als Charakterzeichner ist er gleich Null."

Daß die übrige Menschheit anderer Ansicht ist, kann ihn nicht beirren; im Gegenteil.

„Meine Meinung", schreibt er stolz, „weicht vollständig von der ab, die sich über Shakespeare in der ganzen europäischen Welt gebildet hat."

In seiner Angst vor der Lüge wittert er sie überall; und je mehr eine Idee allgemein verbreitet ist, um so mehr sträubt er sich gegen sie; er mißtraut ihr, er vermutet in ihr, wie er über den Ruhm Shakespeares urteilt, „einen jener seuchenartig auftretenden Einflüsse, denen die Menschen immer unterliegen. Wie die Kreuzzüge des Mittelalters, der Hexenglaube, das Suchen nach dem Stein der Weisen, die Tulpennarrheit. Die Menschen sehen erst die Verrücktheit dieser Einflüsse, wenn sie sich von ihnen freigemacht haben. Mit der Entwicklung der Presse sind diese Seuchen ganz außerordentlich geworden." — Und als Typus nennt er die allerletzte dieser ansteckenden Krankheiten, die Dreyfusaffäre, von der er, der Feind aller Ungerechtigkeiten, der Verteidiger aller Unterdrückten, mit einer geradezu verächtlichen Gleichgültigkeit spricht. Ein gar bezeichnendes Beispiel dafür, wohin ihn seine Verachtung der Lüge und jene instinktive Abneigung gegen die „moralischen Seuchen", deren er sich selbst beschuldigt, ohne sie bekämpfen zu können, führen konnte. Eine Umkehrung menschlicher Tugenden, eine unbegreifliche Verblendung führt diesen Kenner der Seelen, diesen Erwecker der leidenschaftlichen Kräfte dazu, den „König Lear" als „albernes Werk" und die stolze Cordelia als „Geschöpf ohne jeden Charakter" zu kennzeichnen.

Man beachte, daß er sehr wohl gewisse tatsächliche Fehler bei Shakespeare sieht, die wir einzugestehen nicht aufrichtig genug sind: so die gekünstelte Art der dichterischen Sprache, die unterschiedslos allen Personen verliehen wird, die Rhetorik, gleichgültig ob es sich um Leidenschaft, Heldentum oder die einfachsten Vorkommnisse handelt. Und ich begreife vollkommen, daß ein Tolstoi, der von allen Schriftstellern am wenigsten Literat war, keine Neigung verspürte zu der Kunst dessen, der der genialste unter den Literaten gewesen ist. Aber weshalb seine Zeit verlieren, mit Reden über das, was man nicht zu verstehen vermag, und welchen Wert können Urteile über eine Welt haben, die uns verschlossen bleibt?

Keinen Wert, wenn wir darin den Schlüssel zu diesen fremden Welten suchen. Einen unschätzbaren Wert, wenn wir von ihnen den Schlüssel zur Kunst Tolstois fordern. Von einem schöpferischen Genie verlangt man keine kritische Objektivität. Wenn ein Wagner, ein Tolstoi von Beethoven oder von Shakespeare sprechen, so sprechen sie nicht von Beethoven oder von Shakespeare, sondern von sich selbst: sie stellen ihr Ideal auf. Sie bemühen sich nicht einmal, uns darüber zu täuschen. Um Shakespeare zu beurteilen, versucht Tolstoi nicht, sich „objektiv" zu geben. Vielmehr macht er Shakespeare seine objektive Kunst zum Vorwurf. Der Maler von „Krieg und Frieden", der Meister der unpersönlichen Kunst, kann gar nicht genug Verachtung aufbringen für jene deutschen Kritiker, die im Anschluß an Goethe „Shakespeare erfanden" und „die Theorie, daß die Kunst objektiv sein muß, das heißt, daß sie die Menschen ungeachtet jedes sittlichen Wertes darstellen muß, — was die Verneinung des religiösen Wesens der Kunst bedeutet".

So verkündet Tolstoi seine künstlerischen Urteile von einer hohen Glaubenswarte herab. In seinen Kritiken darf man keinen persönlichen Hintergedanken suchen. Er stellt sich nicht als Beispiel hin; er ist ebenso unerbittlich gegen seine Werke, wie gegen die der anderen. Was will er also, und was bedeutet für die Kunst das religiöse Ideal, das er aufstellt?

Dieses Ideal ist wundervoll. Das Wort „religiöse Kunst" kann leicht über den Umfang des Begriffes täuschen. Weit davon entfernt, die Kunst einzuengen, erweitert Tolstoi sie vielmehr. „Die Kunst", sagt er, „ist überall."

„Die Kunst durchdringt unser ganzes Leben; was wir Kunst nennen, Theater, Konzerte, Bücher und Ausstellungen, das ist nur der kleinste Teil davon. Unser Leben ist erfüllt von künstlerischen Offenbarungen aller Arten, von den Kinderspielen an bis zu den religiösen Gebräuchen. Die Kunst und die Rede sind die beiden Organe des menschlichen Fortschrittes. Die eine verbindet die Herzen und die andere die Gedanken. Wenn eine von beiden verfälscht ist, so ist die Gesellschaft krank. Die Kunst von heute ist verfälscht."

Seit der Renaissance kann man nicht mehr von der Kunst der christlichen Nationen sprechen. Die Klassen haben sich gespalten. Die Reichen, die Bevorzugten haben sich angemaßt, das Monopol auf die Kunst für sich in Anspruch zu nehmen; und ihr Vergnügen haben sie zum Kriterium der Schönheit gemacht. Indem sich die Kunst von den Armen entfernte, ist sie selbst verarmt.

„Die Gefühle, welche die bewegen, die nicht für ihren Lebensunterhalt arbeiten, sind weit weniger mannigfaltig als die Gefühle der Arbeitenden. Nur deren drei beherrschen unsere heutige Gesellschaft: der Hochmut, die Sinnlichkeit und der Lebensüberdruß. Diese drei Gefühle und ihre Verästelungen bilden fast ausschließlich den Gegenstand der Kunst der Reichen."

Sie verseucht die Welt, sie verdirbt das Volk, sie begünstigt den sexuellen Niedergang, sie ist das schlimmste Hindernis für die Verwirklichung menschlichen Glückes geworden. Sie ist außerdem ohne wirkliche Schönheit, ohne Natürlichkeit, ohne Aufrichtigkeit, — eine gezierte, gemachte Gehirnkunst.

Dieser Ästhetenlüge, diesem Zeitvertreib der Reichen gegenüber wollen wir die lebendige Kunst aufrichten, die menschliche Kunst, die die Menschen aller Klassen und aller Nationen eint. Die Vergangenheit liefert uns dafür ruhmreiche Vorbilder.

„Immer hat die Mehrheit der Menschen das, was wir als erhabenste Kunst ansehen, verstanden und geliebt: die Schöpfungsgeschichte, die Gleichnisse des Evangeliums, die Legenden, die Märchen, die Volkslieder."

Die größte Kunst ist jene, die das religiöse Gewissen der Zeit widerspiegelt. Darunter darf man aber nicht eine Lehre der Kirche verstehen. „Jede Gemeinschaft hat einen religiösen Lebensbegriff: nämlich das Ideal vom größten Glück, das diese Gemeinschaft erstrebt." Alle haben dafür ein mehr oder weniger klares Gefühl; einige Vorkämpfer bringen es deutlich zum Ausdruck.

„Ein religiöses Gewissen besteht immer. Es ist das Bett, in dem der Strom dahinfließt."

Das religiöse Gewissen unserer Zeit ist das Streben nach einem Glück, das durch die Verbrüderung der Menschen verwirklicht wird. Es gibt keine wahre Kunst außer der, die auf dieses Ziel hinarbeitet. Die höchststehende Kunst erreicht dies unmittelbar durch die Macht der Liebe. Aber es gibt noch eine andere, die bei derselben Aufgabe mitwirkt, indem sie alles, was sich der Verbrüderung entgegenstellt, mit den Waffen der Entrüstung und der Verachtung bekämpft. Dahin gehören die Romane von Dickens und Dostojewski, „Die Elenden" von Victor Hugo, die Bilder von Millet. Selbst ohne diese Höhen zu erreichen, bringt jede Kunst, die das tägliche Leben mitfühlend und wahr darstellt, die Menschen einander näher, z. B. der „Don Quichotte" und die Theaterstücke von Molière. Es ist richtig, daß die letztere Kunstgattung gewöhnlich an ihrem zu peinlich genauen Realismus und an Erfindungsarmut leidet, „wenn man sie mit den alten Vorbildern, z. B. der erhabenen Josephsgeschichte, vergleicht". Die übertriebene Genauigkeit in der Wiedergabe der Einzelheiten schadet den Werken, und sie können deshalb nicht Allgemeingut werden.

„Die modernen Werke werden durch einen Realismus verdorben, den man richtiger Kunstprovinzialismus nennen sollte."

So verdammt Tolstoi ohne Zögern die Grundzüge seines eigenen Schaffens. Was liegt ihm daran, sich ganz für die Zukunft einzusetzen — auf die Gefahr hin, daß von ihm selbst nichts mehr übrigbleibt?

„Die künftige Kunst wird nicht die gegenwärtige fortsetzen, sie wird sich auf anderen Grundlagen aufbauen. Sie wird nicht mehr Eigentum einer einzelnen Klasse sein. Die Kunst ist kein Geschäft, sie ist der Ausdruck echten Empfindens. Der Künstler kann nur dann echt empfinden, wenn er sich nicht absondert, wenn er das natürliche Leben eines Menschen führt. Deshalb ist auch ein in gesicherten Verhältnissen Lebender zum Schaffen am schlechtesten in der Lage."

In Zukunft „werden alle begabten Menschen Künstler sein können". Die künstlerische Betätigung wird jedem zugänglich sein „dadurch, daß man in den Volksschulen den Unterricht in Musik und Malerei einführt, der jedem Kind gleichzeitig mit den ersten grammatischen Grundbegriffen erteilt wird". Außerdem wird die Kunst kein so kompliziertes Verfahren mehr notwendig machen wie heute; sie wird sich der Einfachheit, der Klarheit und der Bündigkeit nähern, die das Merkmal der klassischen unverbildeten Kunst, der Kunst Homers, sind. Wie schön wird es sein, allgemein gültige Gefühle mit reinen Linien in diese Kunst zu übertragen! Eine Erzählung oder ein Lied für Millionen von Menschen verfassen, ein Bild für sie zeichnen, ist viel wichtiger — und schwieriger —, als einen Roman oder eine Symphonie schreiben. Es ist ein ungeheuer großes und fast unbetretenes Gebiet. Dank solchen Werken werden die Menschen das Glück brüderlicher Vereinigung kennenlernen.

„Die Kunst muß die Gewalt unterdrücken, und nur sie kann es. Ihre Sendung ist, das Reich Gottes erstehen zu lassen, will sagen das Reich der Liebe."

Wer von uns möchte sich nicht diese hochherzigen Worte zu eigen machen? Und wer sieht nicht, bei aller Phantastik und Naivität, das Lebendige und Fruchtbringende in Tolstois Gedanken! Ja, unsere Kunst als Ganzes ist nur der Ausdruck einer Klasse, die sich wiederum von einer Nation zur anderen in kleine, einander feindliche Stämme scheidet. In Europa gibt es nicht einen Künstler, der die Vereinigung der Parteien und Rassen verwirklicht. Der universellste in unserer Zeit war gerade Tolstoi selbst. In ihm haben wir Menschen aller Völker und aller Klassen einander geliebt. Und wer, wie wir, die hehre Freude dieser großen Liebe gekostet hat, wird sich nicht mehr mit den kümmerlichen Abfällen von der großen Menschenseele begnügen können, die uns die Kunst der europäischen Literaturkreise darbietet.

Die schönste Theorie hat erst Wert durch die Werke, in denen sie sich erfüllt. Bei Tolstoi sind Theorie und Schaffen, wie Glauben und Handeln, stets im Einklang. Zur selben Zeit, da er an seiner „Kritik der Kunst" arbeitete, gab er Musterbeispiele der neuen Kunst, wie er sie wollte, — der zwei Kunstformen, der einen erhabeneren und der anderen weniger reinen, aber beide „religiös" im menschlichsten Sinn, — der einen, die an der Einigung der Menschen durch Liebe arbeitet, und der anderen, welche die der Liebe feindliche Welt bekämpft. Er schrieb folgende Meisterwerke: „Der Tod des Iwan Iljitsch" (1884-1886), „Volkserzählungen" (1881 bis 1886), „Die Macht der Finsternis" (1886), „Die Kreuzersonate" (1889) und „Der Herr und sein Knecht" (1895). Als Gipfel und zugleich Grenzstein dieser künstlerischen Periode ragt wie ein Dom mit zwei Türmen, deren einer die ewige Liebe, deren anderer den Haß der Welt versinnbildlicht, die „Auferstehung" (1899) empor.

Alle diese Werke unterscheiden sich von den vorhergehenden durch neue künstlerische Ansichten. Tolstoi hatte nicht nur seine Meinung über den Gegenstand der Kunst, sondern auch über ihre Form geändert. Beim Lesen von „Was ist Kunst?" oder dem Buch über Shakespeare ist man erstaunt über die Richtlinien, die er für den Geschmack und die Ausdrucksweise gibt. Die meisten stehen in Widerspruch zu seinen früheren größeren Werken. „Klarheit, Einfachheit, Bündigkeit" lesen wir in „Was ist Kunst?". Mißachtung der stofflichen Wirkung. Verdammung des kleinlichen Realismus. — Und im „Shakespeare": das ganz klassische Ideal von Vollkommenheit und Maß. „Ohne Gefühl für Maß kann kein Künstler bestehen." — Und wenn auch der alte Mann seine geniale Art zu analysieren und sein angeborenes Ungestüm, die sich in mancher Hinsicht sogar noch mehr als früher offenbaren, gänzlich verleugnet, so hat sich doch seine Kunst wesentlich verändert durch die kräftiger betonte Klarheit der Zeichnung, durch die psychologische Straffung, durch die Geschlossenheit des inneren Dramas, das in sich selbst zusammengezogen ist wie ein zum Losspringen bereites Raubtier, durch das allumfassende Gefühl, das von flüchtigen Einzelheiten eines lokal gefärbten Realismus befreit ist, und endlich durch die bilderreiche, saftstrotzende Sprache, die Erdgeruch ausströmt.

Seine Liebe zum Volk hatte ihn seit langem an der Schönheit der volkstümlichen Sprache Geschmack finden lassen. Als Kind war er mit Geschichten umherziehender Erzähler eingelullt worden. Als reifem Mann und berühmtem Schriftsteller bereitete es ihm einen künstlerischen Genuß, mit seinen Bauern zu plaudern.

„Von diesen Leuten", sagte er später zu Paul Boyer, „kann man nur lernen. Als ich früher mit ihnen oder mit jenen Wanderburschen, die, den Rucksack auf der Schulter, unser Land durchziehen, plauderte, schrieb ich mir sorgfältig diejenigen ihrer Ausdrücke auf, die ich zum erstenmal hörte, gute, gediegene, altrussische Ausdrücke, die oft aus unserer modernen literarischen Sprache verschwunden sind... Ja, der Geist der Sprache ist in diesen Menschen lebendig..."

Er mußte umso empfänglicher dafür sein, als sein Geist nicht von Literatur beschwert war. Dadurch, daß er fern von Städten unter Bauern lebte, hatte er sich ein wenig die Denkart des Volkes angeeignet. Er hatte von ihnen die langsame Redeweise, die klügelnde Überlegung, die Schritt um Schritt geht, um dann mit plötzlichem Ruck Halt zu machen, die Neigung, einen Gedanken, den man für unbedingt richtig hält, unendlich oft, ohne sich beirren zu lassen, mit denselben Worten zu wiederholen.

Aber das waren eher die Mängel als die Vorzüge. Erst mit der Zeit bekam er das richtige Verständnis für den verborgenen Sinn der Volkssprache, ihre Bildhaftigkeit, ihre poetische Derbheit, ihre Fülle legendärer Weisheit. Mit „Krieg und Frieden" hatte er sich zum erstenmal ihrem Einfluß unterworfen. Im März 1872 schrieb er an Strakow:

„Ich habe meine Rede- und Schreibweise geändert. Die Volkssprache hat Töne, um all das auszudrücken, was ein Dichter zu sagen hat, und ich liebe sie sehr. Sie ist der beste dichterische Gradmesser. Will man etwas zu stark, übertrieben oder verkehrt ausdrücken, so erträgt es die

Sprache nicht. Unsere literarische Sprache dagegen hat kein Knochengerüst, man kann sie nach jeder Richtung hin- und herzerren, und es sieht immer noch alles nach Literatur aus."

Das Volk war ihm nicht nur für seine Ausdrucksweise vorbildlich, er verdankte ihm auch mancherlei dichterische Eingebungen. Im Jahre 1877 kam ein Bylinenerzähler nach Jasnaja Poljana, und Tolstoi schrieb etliche seiner Geschichten auf. Unter anderen die Legende: „Wovon die Menschen leben" und „Drei Greise", die, wie man weiß, zwei der schönsten Geschichten in den „Volkserzählungen" bilden, die Tolstoi einige Jahre später veröffentlichte.

Diese „Volkserzählungen" sind ein in der modernen Kunst einzigartiges Werk. Ein über aller Kunst stehendes Werk; denn wer denkt, wenn er es liest, an Literatur? Der Geist des Evangeliums, die reine Liebe aller Menschenbrüder eint sich mit der lächelnden Einfalt der Volksweisheit. Einfachheit, Klarheit, unaussprechliche Herzensgüte — und jenes übernatürliche Licht, das für Augenblicke das Bild so natürlich überflutet, umgibt die im Mittelpunkt der Handlung stehende Gestalt des alten Jelissej mit einem Heiligenschein, oder schwebt durch die Bude des Schusters Martin, der durch seine Fensterluke zu ebener Erde die Füße der Leute vorübermarschieren sieht, und den der Herr besucht in Gestalt der Armen, denen der gute Schuhflicker schon geholfen hat. Oft mischt sich in diesen Erzählungen den frommen Gleichnissen ein gewisser Duft von orientalischen Märchen bei, von den Märchen aus „Tausend und eine Nacht", die Tolstoi seit seiner Kinderzeit liebte. Manchmal auch trübt sich das phantastische Licht und gibt einer der Erzählungen eine unheimliche Größe. So z. B. der Geschichte vom Muschik Pachom, dem Mann, der sich zu Tode rennt, um möglichst viel Land zu bekommen, so viel Land, als er in einem Tage durchlaufen kann, und der tot zusammenbricht, als er am Ziel anlangt.

„Auf dem Hügel saß der Dorfälteste am Boden und sah ihn laufen und er hielt sich mit beiden Händen den Bauch vor Lachen. Und Pachom stürzte. — ‚Ah! Bravo! du Schelm, du hast viel Land ergattert.' Der Älteste stand auf, schmiß Pachoms Knecht eine Schaufel hin mit den Worten: ‚Da, scharr ihn ein.' Der Knecht blieb allein zurück. Er schaufelte ein Grab für Pachom, so lang, wie dieser vom Kopf bis zu den Füßen maß, genau drei Arschin — und dann begrub er ihn."

Fast alle diese Geschichten enthalten unter ihrer dichterischen Hülle dieselbe religiöse Moral des Verzichtes und der Vergebung:

„Bittet für die, so euch beleidigen."

„Widerstrebet nicht dem Bösen."

„Die Rache ist mein, spricht der Herr."

Und überall und immer als Höchstes die Liebe.

Tolstoi, der den Grund zu einer Kunst für alle Menschen legen wollte, hat beim ersten Versuch etwas Universelles geschaffen. Das Werk hat in der ganzen Welt einen bleibenden Erfolg erzielt; denn es ist frei von allen vergänglichen Kunstbegriffen; es hat Ewigkeitswert.

„Die Macht der Finsternis" erhebt sich nicht bis zu dieser erhabenen Herzenseinfalt; sie macht gar keinen Anspruch darauf: es ist die andere Schneide des Schwertes. Auf der einen Seite der Traum von der göttlichen Liebe, auf der anderen die furchtbare Wirklichkeit. Beim Lesen dieses Dramas kann man beurteilen, ob Tolstoi bei seinem Glauben und seiner Liebe für das Volk es je vermocht hätte, das Volk auf Kosten der Wahrheit zu idealisieren!

So unbeholfen er auch in den meisten seiner dramatischen Versuche gewesen ist, hier gelangt Tolstoi zur Meisterschaft. Die Charaktere und die Handlung sind mit leichter Sicherheit hingestellt; der „schöne Nikita", Anisja, in ihrer ungestümen sinnlichen Leidenschaft, Mutter Matrona, die mit zynischer Gutmütigkeit dem Ehebruch ihres Sohnes Vorschub leistet, und der alte stotternde Akim, — der verkörperte Gott in einem armseligen Leib. — Dann das Sinken Nikitas, der aus Schwäche, ohne schlecht zu sein, sich in Sünde verstrickt und immer tiefer in

Verbrechen gerät, trotzdem er sich mit Gewalt dagegen wehrt; seine Mutter und seine Frau ziehen ihn hinein...

„Die Männer sind nicht viel wert. Aber erst die Weiber! Sie sind wie die wilden Tiere! Nichts fürchten sie... Solche Weibsbilder gibt's hierzulande viele Millionen, und alle sind sie blind wie die Maulwürfe, — wissen nicht das geringste, nicht das geringste!... Der Mann, der lernt immerhin etwas in der Schenke oder schließlich im Gefängnis oder in der Kaserne. Aber so'n Weibsbild! Sie sieht nichts und hört nichts. So lebt sie und so stirbt sie... Die Weiber sind wie blinde junge Hunde, die mit der Nase im Straßendreck hinkriechen. Das einzige, was sie können, sind ihre dummen Lieder: La la la-la la la... Aber was La la la, das wissen sie nicht."

Dann die schreckliche Szene von der Ermordung des neugeborenen Kindes. Nikita will nicht töten. Anisja, die seinetwegen ihren Gatten umgebracht hat und deren Nerven seitdem von dem Verbrechen gefoltert werden, wird wild, rasend, droht ihn preiszugeben und schreit:

„Jetzt bin ich wenigstens nicht mehr allein. Jetzt soll er auch ein Mörder sein. Er soll wissen, wie's tut!"

Nikita zerdrückt das Kind zwischen zwei Brettern. Mitten in seinem Verbrechen flieht er entsetzt und droht, Anisja und seine Mutter zu töten. Schluchzend fleht er:

„Mütterchen, ich kann nicht mehr!"

Er glaubt, das zermalmte Kind schreien zu hören.

„Wohin soll ich mich retten?..."

Das ist eine shakespearesche Szene. — Weniger wild, aber noch quälender ist die Variante des 4. Aktes, das Zwiegespräch zwischen dem kleinen Mädchen und dem alten Knecht, die nachts allein im alten Haus das Verbrechen, das draußen begangen wird, halb hören und halb erraten.

Schließlich die freiwillige Sühne. Nikita kommt mit seinem Vater, dem alten Akim, ohne Schuhe zu einer Hochzeitsfeier. Er kniet nieder, bittet jeden um Verzeihung und klagt sich aller Verbrechen an. Der alte Akim ermutigt ihn, betrachtet ihn mit verzückt schmerzlichem Lächeln und sagt:

„Das ist Gottes Werk!"

Was dem Drama einen besonderen Reiz künstlerischer Art gibt, ist seine Bauernsprache.

„Ich habe das ganze Vokabularium, das ich mir in Notizbüchern angelegt hatte, ausgeräubert, um ‚Die Macht der Finsternis' zu schreiben", äußerte Tolstoi Paul Boyer gegenüber.

Diese verblüffenden Bilder, die der lyrischen und zum Spott neigenden russischen Volksseele entstammen, sind von einem Schwung und einer Kraft, neben denen alle literarischen Bilder blaß erscheinen. Tolstoi ergötzt sich an ihnen; man fühlt, daß der Dichter Tolstoi beim Schreiben seines Dramas ein Vergnügen darin findet, diese Ausdrücke und Gedanken aufzuzeichnen, deren Komik ihm keineswegs entgeht, während der Apostel Tolstoi in Betrübnis gerät über die Finsternis der Seele.

Während Tolstoi das Volk beobachtete und sein Dunkel durch einen Lichtstrahl von oben etwas zu erhellen versuchte, widmete er dem noch weit tieferen Dunkel der reichen und bürgerlichen Klassen zwei Romane voll tragödienhafter Handlung. Man fühlt, daß zu jener Zeit die dramatische Form sein künstlerisches Denken beherrscht. „Der Tod des Iwan Iljitsch" und die „Kreuzersonate" sind alle beide richtige, auf das knappste Maß zusammengedrängte Seelendramen; und in der „Kreuzersonate" erzählt der Held des Dramas selbst das Drama.

„Der Tod des Iwan Iljitsch" (1884-86) ist eines der russischen Werke, die das französische Publikum ganz besonders erschüttert haben. Ich erwähnte zu Beginn dieses Buches, daß ich Zeuge davon gewesen bin, wie bürgerliche Leser aus der französischen Provinz, die sonst der

Kunst ganz fremd gegenüberzustehen schienen, von dieser Geschichte tief ergriffen waren. Das dürfte sich dadurch erklären, daß das Werk mit verblüffender Echtheit einen Typus jener Durchschnittsmenschen hinstellt, jener gewissenhaften Beamten, die ohne Religion, bar jeden Ideals und beinahe jeden Gedankens, in ihrer Amtstätigkeit, in ihrem eintönigen Alltagsleben aufgehen bis zur Todesstunde, wo sie mit Entsetzen bemerken, daß sie gar nicht gelebt haben. Iwan Iljitsch ist der Vertreter jener europäischen Bürgerklasse um das Jahr 1880, in der man Zola liest, sich die Sarah Bernhardt ansieht und, ohne irgendeinen Glauben zu haben, nicht einmal ungläubig ist: denn man gibt sich gar nicht die Mühe zu glauben oder nicht zu glauben, — man denkt einfach nicht darüber nach.

Mit der Unerbittlichkeit einer bald strengen, bald fast komischen Anklage gegen die Welt und vornehmlich gegen die Ehe eröffnet „Der Tod des Iwan Iljitsch" eine Reihe neuer Werke; er ist Vorbote der noch krasseren Bilder der „Kreuzersonate" und der „Auferstehung". Beklagenswerte und lächerliche Leere dieses Lebens (wie es deren tausende und abertausende gibt) mit seinem unnatürlichen Ehrgeiz, seinen armseligen Befriedigungen der Eigenliebe, die dabei kaum Vergnügen machen, — „immerhin noch mehr als den Abend allein mit seiner Frau zu verbringen" —, beruflichem Ärger, verbitternden Zurücksetzungen und dem einzigen Glück: einer Whistpartie. Und dieses lächerliche Leben büßt Iwan aus einer noch lächerlicheren Veranlassung ein: eines Tages, als er einen Vorhang am Salonfenster anbringen will, stürzt er von der Leiter. Lügnerisches Leben. Lügnerische Krankheit. Lügnerischer Arzt, der, selbst gesund, nur an sich selber denkt. Lügnerische Familie, die es vor der Krankheit ekelt. Lügnerische Frau, die Hingebung heuchelt und sich dabei schon zurechtlegt, wie sie nach dem Tod ihres Mannes leben wird. Lüge ringsum, der sich allein die Wahrheit eines mitfühlenden Dieners entgegenstellt, der dem Sterbenden seinen Zustand nicht zu verbergen sucht und ihm brüderlich hilft. Iwan Iljitsch beweint „voll unendlichen Mitleids mit sich selbst" seine Vereinsamung und die Selbstsucht der Menschen. Er leidet entsetzlich bis zu dem Tage, an dem er merkt, daß sein vergangenes Leben eine Lüge war und daß er diese Lüge wieder gutmachen kann. Allsobald wird alles licht, — eine Stunde vor seinem Tod. Er denkt nicht mehr an sich, er denkt an die Seinen, er erbarmt sich ihrer; er m u ß sterben und sie von seiner Person befreien.

„Wo bist du, Schmerz? — Da ist er wieder... Recht so, dauere nur fort. — Und der Tod? Wo ist der?... — Er fand ihn nicht mehr. An Stelle des Todes sah er nur einen Lichtstrahl. — ‚Es ist zu Ende', sagte irgendwer. — Er hörte diese Worte und wiederholte sie für sich. — ‚Es gibt keinen Tod mehr', sagte er sich."

Selbst dieser Lichtstrahl zeigt sich in der „Kreuzersonate" nicht mehr. Es ist ein Werk voller Wildheit; es stürzt sich auf die Gesellschaft wie ein verwundetes Tier, das sich für ausgestandene Qualen rächt. Man darf nicht vergessen, daß es sich um das Bekenntnis eines Menschentieres handelt, das getötet hat und von dem Giftstoff der Eifersucht verseucht ist. Tolstoi verbirgt sich hinter seiner Gestalt. Und zweifellos findet man seine Ideen, nur im Ton verstärkt, in seinen wütenden Schmähungen gegen die allgemeine Heuchelei wieder: die Heuchelei in der Frauenerziehung, in der Liebe, in der Ehe — jener „häuslichen Prostitution" —, in der Gesellschaft, in der Wissenschaft, unter den Ärzten, — „jenen Anstiftern zu Verbrechen". Aber sein Held reizt ihn zu einer Brutalität in der Ausdrucksweise, zu einem Ungestüm fleischlicher Bilder, — allen Begierden eines ausschweifenden Körpers, — und als Gegenwirkung die ganze Wut der Askese, die haßerfüllte Furcht vor den Leidenschaften, die Verfluchung des Lebens, gleich der eines mittelalterlichen Mönches, den die Sinnlichkeit verzehrt. Als er sein Buch geschrieben hatte, war Tolstoi selbst erschreckt darüber:

„Ich hatte keineswegs erwartet," sagt er in seinem Nachwort zur „Kreuzersonate", „daß eine unerbittliche Logik mich beim Schreiben dieses Werkes dahin führen würde, wohin ich gelangt bin. Meine eigenen Schlußfolgerungen haben mich zuerst erschreckt, und ich war versucht, sie zu verwerfen; aber es ist mir unmöglich gewesen, die Stimme der Vernunft und des Gewissens zu überhören."

Tatsächlich nahm er in etwas gemilderter Form die wilden Schreie des Mörders Posdnischeff gegen Liebe und Ehe wieder auf:

„Wer die Frau — vor allem seine Frau — mit Sinnlichkeit ansieht, bricht schon die Ehe mit ihr.

Wenn die Leidenschaften geschwunden sein werden, dann wird die Menschheit keine Existenzberechtigung mehr haben; dann hat sie das Gesetz erfüllt. Die Vereinigung der Wesen wird vollkommen sein."

Er zeigt, gestützt auf das Evangelium Matthäi, daß „das christliche Ideal nicht die Ehe ist, daß es eine christliche Ehe nicht geben kann, daß die Ehe vom christlichen Standpunkt aus nicht der Aufwärtsentwicklung, sondern der Entartung dient, und daß die Liebe sowie alles, was ihr vorangeht oder ihr folgt, dem wahrhaften Menschheitsideal im Wege steht..."

Aber diese Ideen hatten sich ihm niemals mit solcher Klarheit gestaltet, bevor er sie Posdnischeff in den Mund gelegt hatte. Wie man es häufig bei großen Meistern findet, hat das Werk den Schöpfer mitgerissen; der Künstler eilte dem Denker voran. Die Kunst hat dabei nichts verloren. An Macht der Wirkung, an temperamentvoller Straffheit, deutlicher Greifbarkeit der Erscheinungen und an Fülle und Reichtum der Form kommt kein anderes Werk Tolstois der „Kreuzersonate" gleich.

Es bleibt mir noch, den Titel zu erklären. — Eigentlich ist er falsch. Er täuscht über das Werk. Die Musik spielt darin nur eine nebensächliche Rolle. Läßt man die Sonate weg, so ändert sich nichts. Es war unrichtig von Tolstoi, zwei Fragen, die ihm am Herzen lagen, miteinander zu verquicken: die verderbliche Macht der Musik und die der Liebe. Der Dämon der Musik hätte ein eigenes Werk verdient; der Platz, den ihm Tolstoi in diesem zubilligt, genügt nicht, die Gefahr zu beweisen, wie er es möchte. Ich muß bei diesem Gegenstand ein wenig verweilen, denn ich glaube nicht, daß man jemals Tolstois Verhältnis zur Musik richtig verstanden hat.

Es wäre weit gefehlt anzunehmen, daß er sie nicht liebte. So fürchtet man nur, was man liebt. Man braucht sich nur zu entsinnen, welchen Platz die musikalischen Erinnerungen in der „Kindheit" einnehmen und ganz besonders im „Eheglück", wo die ganze Liebesgeschichte von ihrem Frühling bis zu ihrem Herbst sich zwischen den Sätzen der Beethovenschen Sonate „Quasi una fantasia" abspielt. Man erinnere sich ferner der wundervollen Symphonien, die Nekludow und der kleine Petja in der Nacht vor seinem Tode in sich erklingen hören. Wenn Tolstoi auch nur sehr bedingt musikalisch war, so ergriff ihn die Musik doch bis zu Tränen, und er gab sich ihr zu gewissen Zeiten seines Lebens mit Leidenschaft hin. Im Jahre 1858 gründete er in Moskau eine musikalische Gesellschaft, aus der später das Moskauer Konservatorium hervorging.

„Er liebte die Musik sehr", schreibt sein Schwager Bers. „Er spielte Klavier und bevorzugte die klassischen Meister. Oft setzte er sich ans Klavier, ehe er an seine Arbeit ging. Wahrscheinlich kam ihm dabei die künstlerische Eingebung. Er begleitete immer meine jüngste Schwester, deren Stimme er sehr gern hatte. Ich habe bemerkt, daß die Empfindungen, die die Musik in ihm auslösten, von einer leichten Blässe und einem unmerklichen Verziehen des Gesichtes begleitet waren, was anscheinend Schreck ausdrückte."

Es war wohl der Schreck, den er empfand bei der Erschütterung durch diese unbekannten Kräfte, die ihn bis in die Wurzeln seines Seins aufrüttelten. In dieser Welt der Musik fühlte er seinen sittlichen Willen, seine Vernunft, die ganze Wirklichkeit des Lebens dahinschmelzen. Man lese in dem ersten Band von „Krieg und Frieden" die Szene nach, wo Nikolaus Rostow, der gerade im Spiel verloren hat, verzweifelt nach Hause kommt. Er hört seine Schwester Natascha singen und vergißt alles.

„Er wartete mit fieberhafter Ungeduld auf die nächste Note, und einen Augenblick lang gab es auf der ganzen Welt nichts anderes mehr als den Dreivierteltakt: Oh! mio crudele affetto!

‚Wie sinnlos ist doch unser Dasein', dachte er. ‚Glück, Geld, Haß, Ehre, alles ist nichts... Hier ist das Wahre!... Natascha, mein Täubchen!... Laß sehen, ob sie das betrifft... Gott sei Dank, sie hat's getroffen!'

Um das b zu verstärken, begleitete er es in der Terz.

‚Welch ein Glück! ich habe es auch getroffen' —, rief er aus; und die Schwingung dieser Terz erweckte alles Gute in seinem Innern. Was waren gegen diese übermenschlichen Empfindungen sein Verlust im Spiel und sein verpfändetes Wort!... Torheiten! Man konnte töten und stehlen und doch glücklich sein."

Nikolaus tötet weder, noch stiehlt er, und die Musik bedeutet für ihn nur eine vorübergehende Erregung, aber Natascha ist nahe daran, sich an sie zu verlieren. Nach einem Abend in der Oper, „in jener seltsamen, sinnlosen, meilenweit von der Wirklichkeit entfernten Welt der Kunst, in der Gut und Böse, Überspanntheit und Vernunft sich mengen und mischen", hört sie Anatol Kuragins Erklärung an; er betört sie, und sie willigt ein, sich entführen zu lassen.

Je älter Tolstoi wird, um so mehr fürchtet er die Musik. Ein Mann, der Einfluß auf ihn hatte, Berthold Auerbach, den er im Jahre 1860 in Dresden traf, bestärkte ihn zweifellos in seinem Vorurteil. „Er sprach von der Musik als von einem pflichtlosen Genuß. Nach seiner Ansicht führte sie zur Verderbnis."

Warum, so fragt Camille Bellaigue, ist hier gerade Beethoven gewählt, der reinste und keuscheste aller Musiker, wo doch die Auswahl an verderblichen Musikern so groß ist? — Weil er der Stärkste ist. Tolstoi hatte ihn geliebt und liebte ihn noch immer. Seine frühesten Erinnerungen aus der Kindheit waren mit der „Pathétique" verknüpft; und als Nekludow am Schluß der „Auferstehung" das Andante der C-Moll Symphonie spielen hört, kann er nur mit Mühe seine Tränen zurückhalten; „er empfand Mitleid mit sich selbst und mit denen, die er liebte". — Man hat indessen gesehen, mit welcher Erbitterung Tolstoi sich in „Was ist Kunst?" über die „krankhaften Werke des tauben Beethoven" vernehmen läßt, und schon im Jahre 1876 hatte die Wut, mit der er „Beethoven zu vernichten und Zweifel an seinem Genie zu äußern liebte", Tschaikowsky empört und seine Bewunderung für Tolstoi abgekühlt. Die „Kreuzersonate" läßt uns die fanatische Ungerechtigkeit so ganz erkennen. Was wirft Tolstoi Beethoven vor? Seine Macht. Als er die C-Moll Symphonie hört und von ihr aus der Fassung gebracht wird, lehnt er sich, wie auch Goethe dies tat, voll Zorn gegen den Meister auf, der ihn beherrschen und unter seinen Willen zwingen will.

„Diese Musik", sagt Tolstoi, „versetzt mich sofort in den Seelenzustand, in dem der war, der sie schrieb... Die Musik sollte eine Staatsangelegenheit sein wie in China. Man dürfte nicht zugeben, daß der erste beste über eine so furchtbare hypnotische Macht verfüge... So etwas (das erste Presto der Sonate) sollte eigentlich nur bei gewissen bedeutsamen Gelegenheiten gespielt werden dürfen."

Und man muß sehen, wie Tolstoi nach diesem Aufbegehren der Macht Beethovens weicht, und wie diese Macht nach seinem eigenen Zugeständnis rein und veredelnd ist. Beim Hören des Musikstücks verfällt Posdnischeff in einen unerklärlichen Zustand, über den er keine Rechenschaft ablegen kann, dessen Bewußtsein ihn aber fröhlich macht. „Die Eifersucht hat keinen Raum mehr in ihm." Die Frau ist nicht weniger verwandelt. Sie hat, während sie spielt, „einen Ausdruck erhabenen Ernstes", dann, „als sie mit dem Spielen zu Ende, ein kleines schwaches, glückseliges Lächeln"... Was ist an all dem so sonderbar? — Daß der Geist Sklave ist, und daß die unbekannte Macht der Töne aus ihm machen kann, was sie will. Ihn zerstören, wenn es ihr gefällt.

Das ist wahr; aber Tolstoi vergißt nur eines: daß die meisten, die Musik hören oder machen, nur über ein sehr schwaches Seelenleben verfügen. Die Musik kann für die, die nichts fühlen, kaum gefährlich werden. Der Anblick, den der Zuschauerraum der Oper während einer „Salome"-

Aufführung bietet, ist wohl dazu angetan, einen über die Unempfindlichkeit des Publikums gegenüber den ungesundesten Aufregungen in der Tonkunst zu beruhigen. Man muß ein so reiches Seelenleben wie Tolstoi haben, um in die Gefahr zu kommen, darunter zu leiden. — Sicher ist, daß Tolstoi, trotz seiner verletzenden Ungerechtigkeit gegen Beethoven, dessen Musik tiefer empfindet als die meisten von denen, die sich heute dafür begeistern. Er kennt zum mindesten diese frenetischen Leidenschaften, diese wilde Heftigkeit, die in der Kunst des „tauben Alten" grollen und die heute kaum ein Virtuose oder ein Orchester mehr fühlt. Sein Haß hätte vielleicht Beethoven mehr gefreut als die Liebe mancher Beethovenianer.

Zehn Jahre liegen zwischen der „Kreuzersonate" und der „Auferstehung", zehn Jahre, die mehr und mehr von moralischer Pionierarbeit ausgefüllt werden. Und wiederum zehn Jahre zwischen der „Auferstehung" und dem Endziel, dem dieses Leben, hungernd nach dem Ewigen, zustrebt. Die „Auferstehung" ist in gewissem Sinne das künstlerische Testament Tolstois. Sie beherrscht das Ende seines Lebens, wie „Krieg und Frieden" die Zeit seiner Reife krönt. Es ist der letzte Gipfel, der höchste vielleicht, — wenn nicht der machtvollste, — dessen unsichtbare Spitze sich im Nebel verliert. Tolstoi ist siebzig Jahre alt. Er betrachtet die Welt, sein Leben, seine früheren Irrtümer, seinen Glauben, seinen heiligen Zorn von oben herab. Derselbe Gedanke wie in den früheren Werken; derselbe Kampf gegen die Heuchelei; aber wie in „Krieg und Frieden" schwebt der Geist des Künstlers über seinem Stoff; die finstere Ironie, das unruhvolle Wesen in der „Kreuzersonate" und dem „Tod des Iwan Iljitsch" vermischt er mit einer religiösen Abgeklärtheit, die er ausstrahlt und die nicht mehr von dieser Welt ist. Man könnte manchmal von einem christlichen Goethe sprechen.

Alle künstlerischen Charakterzüge, die wir in den Werken der letzten Periode aufgezeigt haben, finden sich hier wieder, besonders die Zusammendrängung der Erzählung, die in einem langen Roman noch erstaunlicher wirkt als in kurzen Novellen. Das Werk ist ein Ganzes. Und darin unterscheidet es sich sehr von „Krieg und Frieden" und von „Anna Karenina". Fast gar keine episodenhaften Abschweifungen. Eine einzige Handlung wird hartnäckig verfolgt und bis in die kleinste Einzelheit durchgeführt. Dieselbe Kraft der in satten Farben gemalten Bilder wie in der „Kreuzersonate". Eine immer klarer werdende starke, erbarmungslos realistische Beobachtung, die das Tier im Menschen sieht, — „die schreckliche, nie verschwindende Bestie im Menschen, die um so schrecklicher ist, wenn sie sich nicht offen enthüllt, wenn sie sich unter einer angeblich poetischen Aufmachung verbirgt." Diese Salongespräche, die einfach ein körperliches Bedürfnis befriedigen müssen, „das Bedürfnis, die Verdauung zu fördern, indem sie die Muskeln der Zunge und der Kehle in Bewegung setzen." Ein scharfes Durchschauen der Menschen, das niemanden schont, weder die hübsche Kortschagin „mit ihren zwei falschen Zähnen, den hervortretenden Knochen ihrer Ellbogen, ihren breiten Fingernägeln" und ihrem Halsausschnitt, der Nekludow „Scham und Ekel, Ekel und Scham" einflößt, noch die Heldin, die Maslowa, deren Verfall in keiner Weise beschönigt ist, ihr frühzeitiges Verbrauchtsein, ihr lasterhafter und gemeiner Ausdruck, ihr herausforderndes Lächeln, ihr Branntweingeruch, ihr rotes gedunsenes Gesicht. Ungeheuer derb gezeichnete naturalistische Einzelheiten: so zum Beispiel die Frau, die schwatzend auf dem Kehrichteimer hockt. Die dichterische Phantasie und die Jugendlichkeit sind dahin, außer in den Erinnerungen an die erste Liebe, die wie Musik mit betörender Kraft in uns weiterklingen; die keusche Charsamstagsnacht und die Osternacht, das Tauwetter, der so dichte weiße Nebel, „daß man fünf Schritt weit vom Haus nur eine große, dunkle Masse sehen konnte, aus der das rote Licht einer Lampe strahlte", das nächtliche Krähen der Hähne, der zugefrorene Fluß, der kracht, dröhnt, einbricht und wie splitterndes Glas klingt, der junge Mann, der von außen durch die Fensterscheiben das junge Mädchen betrachtet, das beim flackernden Schein der kleinen Lampe am Tisch sitzt und ihn nicht sieht, — Katuscha, die sinnend träumt und lächelt.

Die lyrische Seite der Dichtung nimmt wenig Raum ein. Tolstois Kunst hat eine mehr unpersönliche Richtung eingeschlagen, die sich von seinem eigenen Leben weiter entfernt. Er hat sich bemüht, sein Beobachtungsfeld zu vergrößern. Die Welt der Verbrecher und die Welt der Revolutionäre, die er hier darstellt, waren ihm fremd; er dringt in sie ein, nachdem er ihr gewaltsam sein Interesse zugewandt hat; er gibt sogar zu, daß ihm die Revolutionäre, ehe er sie sich aus der Nähe ansah, eine unüberwindliche Abneigung einflößten. Um so bewundernswerter ist seine wahrheitsgetreue Beobachtung, dieser unerbittliche Spiegel. Welche Fülle von Typen und haarscharfen Einzelheiten! Und wie ist alles gesehen, Niedrigkeiten und Tugenden, ohne Härte, ohne Schwäche, mit ruhigem Verstand und brüderlichem Mitleid! Welch beklagenswertes Bild diese Frauen im Gefängnis! Sie sind mitleidlos miteinander; aber der Dichter ist der liebe Gott: er sieht einer jeden ins Herz, sieht hinter der Verworfenheit die höchste Not und hinter der Maske der Frechheit das Antlitz, das weint. Der reine und bleiche Schein, der sich nach und nach in der lasterhaften Seele der Maslowa ankündigt und sie schließlich mit einer Opferflamme bestrahlt, bekommt die ergreifende Schönheit eines jener Sonnenstrahlen, die eine bescheidene Rembrandtsche Szene verklären. Nirgends Strenge, selbst nicht den Peinigern gegenüber. „Herr, vergib ihnen, denn sie wissen nicht, was sie tun"... Das Schlimmste ist, daß sie oft wissen, was sie tun, daß sie Reue darüber empfinden und daß sie doch nicht lassen können, es zu tun. Aus dem Buch hebt sich das Gefühl des zermalmenden Verhängnisses hervor, das gleichermaßen auf denen lastet, die leiden, wie auf denen, die leiden machen. Zum Beispiel: der Gefängnisdirektor, voll natürlicher Güte, ebenso müde seines Lebens als Kerkermeister wie der Klavierübungen seiner armseligen, blassen Tochter mit den dunklen Ringen um die Augen, die unentwegt eine Rhapsodie von Liszt mißhandelt; — oder der kluge und gute Generalgouverneur einer sibirischen Stadt, der, um dem unlösbaren Konflikt zwischen dem Guten, das er tun möchte, und dem Schlechten, das er tun muß, zu entrinnen, seit fünfunddreißig Jahren dem Alkohol ergeben, dabei aber immer noch genügend Herr seiner selbst ist, um selbst in der Trunkenheit Haltung zu bewahren; — und die Zärtlichkeit innerhalb der Familie, die unter diesen Leuten herrscht, die ihr Beruf den anderen gegenüber herzlos gemacht hat.

Der einzige Charakter, der nicht objektiv wahr ist, ist der des Helden Nekludow, weil Tolstoi seine eigenen Ideen auf ihn übertragen hat. Das war schon der Fehler — oder die Gefahr — bei mehreren der berühmtesten Gestalten in „Krieg und Frieden" oder in „Anna Karenina": dem Fürsten Andrej, Peter Besukow, Lewin und anderen. Aber damals war es weniger schlimm; denn die Personen standen nach Lebenslage und Alter der Geistesverfassung Tolstois viel näher. Hier jedoch senkt der Dichter in den Körper eines fünfunddreißigjährigen Lebemanns seine eigene Seele, die Seele eines wunschlosen Greises von siebzig Jahren. Ich sage keineswegs, daß die moralische Krise eines Nekludow nicht wahr sein könne, noch bestreite ich, daß sie mit solcher Plötzlichkeit eintreten kann. Aber nichts im Temperament, im Charakter, im Vorleben des Helden, wie Tolstoi ihn darstellt, kündigte diese Krisis an oder macht sie begreiflich. Und nachdem sie eingesetzt hat, hält nichts mehr sie auf. Ohne Zweifel hat Tolstoi mit größter Schärfe dargestellt, wie sich seiner Opferbereitschaft unreine Gedanken beimischen: jene Tränen der Ergriffenheit und der Bewunderung über sich selbst, und dann später den Schrecken und den Ekel, die Nekludow angesichts der Wirklichkeit ergreifen. Aber niemals wankt sein Entschluß. Diese Krisis steht in keinem Zusammenhang mit seinen früheren heftigen, aber vorübergehenden Krisen. Nichts kann diesen schwachen und unentschlossenen Menschen mehr zurückhalten. Dieser reiche angesehene, für die Freuden der großen Welt sehr empfängliche Fürst, der im Begriff ist, ein hübsches Mädchen, das ihn liebt und das ihm auch nicht mißfällt, zu heiraten, entschließt sich plötzlich, alles — Reichtum, Gesellschaft und soziale Stellung — aufzugeben und eine Prostituierte zu heiraten, um einen früheren Fehler wiedergutzumachen; und dieser Zustand der Verstiegenheit dauert ununterbrochen an, während Monaten, und hält allen Prüfungen stand, selbst der Nachricht, daß sie, die er zu seiner Frau machen will, ihr ausschweifendes Leben fortsetzt. Es liegt darin eine Heiligkeit, deren Quelle in den tiefsten Tiefen des Gewissens und des Organismus seines Helden uns die Psychologie eines Dostojewski gezeigt haben würde. Aber Nekludow hat nichts von einem Dostojewskischen Helden. Er ist der Typus des normalen, gesunden Durchschnittsmenschen, wie es die Tolstoischen Helden meistens sind. Man spürt in der Tat zu stark, wie einem durchaus in der Wirklichkeit stehenden Menschen moralische Erschütterungen gewaltsam zugeschrieben werden, die eigentlich einem ganz anderen Menschen eignen; — und dieser Mensch ist der greise Tolstoi.

Denselben Eindruck der Uneinheitlichkeit empfangen wir am Ende des Buches, wo einem dritten Teil mit streng realistischen Schilderungen ein frommer Schluß angehängt wird, der nicht notwendig ist, — ein persönliches Glaubensbekenntnis, das nicht logisch aus dem vorhergehenden Leben folgert. Es ist nicht das erste Mal, daß sich Tolstois Gläubigkeit seinem Realismus gesellt, aber in den früheren Werken sind diese beiden Elemente inniger miteinander verschmolzen. Hier bestehen sie nebeneinander, ohne sich zu verbinden, und der Gegensatz fällt um so stärker auf, als Tolstois Glaube sich immer mehr jede Beweisführung schenkt, während sein Realismus sich von Tag zu Tag freier und schärfer gestaltet. Es zeigen sich da Spuren — nicht von Ermüdung, aber von Alter, eine gewisse Steifheit der Gelenke, wenn ich so sagen darf. Der religiöse Schluß stellt keine organische Entwicklung des Werkes dar. Er wirkt wie ein Deus ex machina... Und ich bin überzeugt, daß Tolstoi trotz gegenteiligen Versicherungen in seinem tiefsten Innern seine verschiedenen Naturen nicht vollkommen in Einklang miteinander bringen konnte: die Wahrhaftigkeit seiner Kunst und die Wahrhaftigkeit seines Glaubens.

Aber wenn auch die „Auferstehung" nicht die harmonische Geschlossenheit der Jugendwerke aufweist, wenn ich, meinerseits, ihr auch „Krieg und Frieden" vorziehe, so ist sie doch nichtsdestoweniger eine der schönsten Dichtungen menschlichen Erbarmens — vielleicht die wahrhaftigste von allen. Mehr als aus jedem anderen Werk blicken mich aus diesem die klaren Augen Tolstois an, die mattgrauen tiefgründigen Augen, „dieser Blick, der bis in die Seele dringt" und in eines jeden Seele Gott schaut.

Tolstoi sagte sich nie von der Kunst los. Ein großer Künstler kann, selbst wenn er möchte, nicht auf das verzichten, was seinem Leben den Wert gibt. Er kann wohl aus religiösen Gründen das Veröffentlichen, nicht aber das Schreiben lassen. Niemals unterbrach Tolstoi sein künstlerisches Schaffen. Paul Boyer, der ihn in seinen letzten Jahren in Jasnaja Poljana sah, erzählt, daß er sich zu gleicher Zeit den religiösen oder polemischen und den rein dichterischen Werken widmete. Er erholte sich an den einen von den anderen. Wenn er irgend eine soziale Abhandlung beendet hatte, dann gestattete er es sich, eine seiner schönen Geschichten, die er für sich selbst erzählte, wieder aufzunehmen — wie z. B. „Chadschi Murat", ein Militärepos, in dem er eine Episode aus den Kriegen im Kaukasus und dem Aufstand der Bergbewohner unter Schamyl besang. Die Kunst blieb seine Erholung, sein Vergnügen. Aber er würde es für eitel gehalten haben, mit ihr zu prunken. Seit seinem Büchlein „Für alle Tage" (1904-1905), in dem er die „Gedanken der verschiedenen Schriftsteller über die Wahrheit und das Leben" sammelte — einer richtigen Anthologie der poetischen Weisheit der ganzen Welt, von den heiligen Schriften des Orients an bis zu den Zeitgenossen —, sind vom Jahre 1900 ab fast alle seine ausschließlich künstlerischen Werke Manuskript geblieben.

Dagegen warf er seine polemischen und mystischen Schriften mit Feuereifer in den sozialen Kampf. Von 1900-1910 zehrt dieser seine besten Kräfte auf. Rußland machte eine fürchterliche Krisis durch, in der das Zarenreich zeitweise in seinen Grundfesten zu krachen schien und nahe am Einstürzen war. Der russisch-japanische Krieg, der darauffolgende Zusammenbruch, die revolutionäre Bewegung, die Meuterei in Heer und Flotte, die Metzeleien und die Bauernunruhen schienen „das Ende einer Welt" zu bedeuten, wie auch der Titel einer Tolstoischen Schrift besagt. — Ihren Höhepunkt erreichte die Krisis zwischen 1904 und 1905. In jenen Jahren veröffentlichte Tolstoi eine Reihe von Werken, die viel Widerhall fanden: „Krieg und Revolution", „Das große Verbrechen", „Das Ende einer Welt". Während dieser letzten zehn Jahre nimmt er eine einzigartige Stellung nicht nur in Rußland, sondern in der ganzen Welt ein. Er steht allein, allen Parteien und Nationen entfremdet, aus seiner Kirche durch Exkommunikation ausgestoßen.

Die Logik seiner Vernunft, der Starrsinn seines Glaubens lieferten ihn dem Dilemma aus: sich von den übrigen Menschen oder von der Wahrheit loszusagen. Er erinnerte sich des russischen Sprichwortes: „Ein Alter, der lügt, ist wie ein Reicher, der stiehlt", und er sagte sich von den Menschen los, um die Wahrheit zu sagen. Er sagte sie ohne Vorbehalt allen. Der alte Lügenjäger macht weiter unermüdlich Jagd auf jeden religiösen oder sozialen Aberglauben, auf jede Fetischanbetung. Er wendet sich nicht nur gegen die alten böswilligen Mächte, die verfolgungssüchtige Kirche und die zaristische Selbstherrschaft. Vielleicht beruhigt er sich jetzt sogar ein wenig über sie, nun, da alle Welt den Stein auf sie wirft. Man kennt sie, sie sind nicht mehr so zu fürchten! Und schließlich tun sie nur, was ihres Amtes ist, sie betrügen nicht. Tolstois Brief an den Zaren Nikolaus II. ist bei aller schonungslosen Wahrheit gegenüber dem Herrscher voller Güte für den Menschen, den er seinen „lieben Bruder" nennt, den er bittet, „ihm zu vergeben, wenn er ihn, ohne es zu wollen, betrübt habe". Und er unterzeichnet: „Dein Bruder, der dir das wirkliche Glück wünscht".

Aber was Tolstoi am wenigsten verzeiht, was er mit großer Heftigkeit angreift, sind die neuen Lügen, nicht die alten, die längst an den Tag gekommen sind. Er bekämpft nicht den Despotismus, sondern das Trugbild der Freiheit. Und man weiß nicht, wen er unter den Anbetern neuer Götzen mehr haßt, die Sozialisten oder die „Liberalen".

Seine Abneigung gegen die Liberalen war schon alten Datums. Er hatte sie gleich damals empfunden, da er als Offizier von Sewastopol in den Kreis der Petersburger Literaten gekommen war. Es war einer der Gründe gewesen für sein schlechtes Einvernehmen mit Turgenjew. Der stolze Aristokrat, der Mensch alter Rasse, konnte diese Intellektuellen nicht ertragen, und ebenso wenig ihre Anmaßung, dem russischen Volke, ob es wollte oder nicht, das Glück zu bringen, indem sie ihm ihre Utopien aufdrängten. Als Urrusse vom alten Stamm, war er mißtrauisch gegen die liberalen Neuerungen, gegen jene konstitutionellen Ideen, die aus dem Westen kamen; und seine beiden Reisen in Europa bestärkten ihn nur in seinem Vorurteil. Als er von der ersten Reise heimkam, schrieb er:

„Der Ehrgeiz des Liberalismus ist zu vermeiden."

Und nach der zweiten:

„Die privilegierte Gesellschaft hat keineswegs das Recht, das Volk, das ihr ganz fern steht, auf ihre Art zu erziehen."

In „Anna Karenina" ergeht er sich lang und breit in seiner Verachtung für die Liberalen. Lewin verweigert seine Beteiligung am Werk der Provinzialeinrichtungen für die Volksbelehrung und an den sonstigen Neuerungen, die an der Tagesordnung sind. Das Bild, das die Wahlen zur Provinzialversammlung aufweisen, zeigt, wie ein Land hereinfällt, wenn es seine alte konservative Verwaltung durch eine liberale ersetzt. Nichts hat sich geändert; es gibt nur eine Lüge mehr und Herren von geringerer Herkunft.

„Wir sind vielleicht nicht allzuviel wert", äußert der Vertreter der Aristokratie, „aber wir haben es trotzdem ganze tausend Jahre lang ausgehalten."

Und Tolstoi ärgert sich über den Mißbrauch, den die Liberalen mit dem Wort „Volk", „Volkswille" treiben. Was wissen sie denn überhaupt vom Volk? Was ist ihnen das Volk?

Besonders aber zu der Zeit, da die liberale Bewegung sich durchzusetzen scheint und sie die erste Duma einberufen läßt, drückt Tolstoi heftig sein Mißfallen gegenüber den konstitutionellen Ideen aus.

„In letzter Zeit hat die Entartung des Christentums einem neuen Betrug Platz gemacht, der unsere Völker noch tiefer in seine Knechtschaft hineinstößt. Mit Hilfe eines komplizierten parlamentarischen Wahlverfahrens wurde ihnen eingeredet, daß, wenn sie ihre Abgeordneten direkt wählten, sie an der Regierung teilnähmen, und daß sie, wenn sie diesen Abgeordneten gehorchten, nur ihrem eigenen Willen gehorchten und somit frei seien. Das ist ein Betrug. Das Volk kann seinen Willen nicht kundgeben, selbst nicht durch das allgemeine Wahlrecht: 1. weil es einen solchen Gesamtwillen einer Nation von vielen Millionen Einwohnern überhaupt nicht geben kann, und 2. weil, selbst wenn es ihn gäbe, die Stimmenmehrheit nicht sein Ausdruck wäre. Ohne auf den Umstand Gewicht zu legen, daß die Gewählten nicht mit Rücksicht auf das allgemeine Wohl, sondern auf die Erhaltung ihrer Machtstellung Gesetze erlassen und die Verwaltungsgeschäfte besorgen, — ohne sich auf die Tatsache zu berufen, daß ein Volk durch die Wahlbeeinflussung und die Wahlmanöver verkommen muß, — ist diese Lüge besonders unheilvoll im Hinblick auf das Anmaßende dieser Sklaverei, in welche die verfallen, die sich ihr unterwerfen... Jene freien Menschen erinnern an Gefangene, die sich einbilden, Freiheit zu genießen, wenn sie das Recht haben, sich ihre Gefängniswärter auszuwählen... Ein Angehöriger eines despotisch regierten Staates kann, selbst unter dem grausamsten Zwang, vollständig frei sein. Aber ein Angehöriger eines konstitutionell regierten Staates ist immer Sklave; denn er erkennt die Gesetzmäßigkeit der gegen ihn angewandten Zwangsmaßregeln an... In eben denselben Zustand der konstitutionellen Sklaverei, in der die anderen europäischen Völker sind, möchte man das russische Volk führen!...”

Für seine Abneigung gegen den Liberalismus ist die Geringschätzung das Bestimmende. Dem Sozialismus gegenüber ist es — oder vielmehr wäre es — der Haß, wenn sich Tolstoi nicht dagegen verwahrte, überhaupt zu hassen, was immer es auch sei. Er verabscheut den Sozialismus zwiefach, weil er zwei Lügen in sich vereinigt: die Lüge von der Freiheit und die von der Wissenschaft. Behauptet er doch, auf wer weiß welcher ökonomischen Wissenschaft gegründet zu sein, deren absolute Gesetze den Fortschritt der Welt lehren!

Tolstoi verfährt sehr streng mit der Wissenschaft. Er hat Worte voll schrecklicher Ironie für diesen modernen Aberglauben und „diese wertlosen Probleme: Entstehung der Arten, Spektralanalyse, Beschaffenheit des Radiums, Zahlentheorie, vorsintflutliche Tiere und anderen Firlefanz, dem man heutzutage dieselbe Wichtigkeit beimißt, die man im Mittelalter der unbefleckten Empfängnis oder der Transsubstantiation im Abendmahl beimaß”. Er macht sich lustig über „diese Diener der Wissenschaft, die ebenso wie die Diener der Kirche sich und den anderen einreden, daß sie die Menschheit retten, die ebenso wie die Kirche an ihre Unfehlbarkeit glauben, nie untereinander einig sind, sich in Gemeinden spalten und ebenso wie die Kirche der Hauptgrund sind für die Roheit, für die moralische Unwissenheit, die Hemmung, die den Menschen davon zurückhält, sich von dem Bösen, unter dem er leidet, freizumachen; denn sie haben das einzige verworfen, was die Menschheit einen könnte: das religiöse Gewissen.”

Aber seine Erregung steigert sich, und sein Unwille kommt zum Ausbruch, als er diese gefährliche Waffe des neuen Fanatismus in den Händen derer sieht, die angeblich die Menschheit bessern wollen. Jeder Revolutionär macht ihn traurig, wenn er seine Zuflucht zur Gewalt nimmt. Aber der intellektuelle Revolutionär und Theoretiker flößt ihm Abscheu ein: solch einer ist ein Mörder aus Pedanterie, eine hochmütige, stumpfe Seele, der nicht die Menschen liebt, sondern nur seine eigenen Ideen.

Übrigens recht niedrige Ideen.

„Der Sozialismus hat die Befriedigung der niedersten Bedürfnisse des Menschen zum Ziel: sein materielles Wohlbefinden. Und selbst dieses Ziel durch die Mittel, die er anpreist, zu erreichen, ist er nicht imstande.”

Im Grunde ist er ohne Liebe. Er kennt nur Haß gegen die Bedrücker und „einen blassen Neid auf das bequeme und satte Leben der Reichen: gleich kotbegierigem Fliegengeschmeiß. Wenn der Sozialismus den Sieg davonträgt, dann wird es schrecklich in der Welt aussehen. Die europäische Horde wird über die schwachen und wilden Völker mit doppelter Macht herfallen und wird sie zu Sklaven machen, damit die früheren Proletarier Europas nach Herzenslust in ihrem müßigen Wohlleben zugrunde gehen können, wie einst die Römer.

Zum Glück verpufft die beste Kraft des Sozialismus in Rauch, — in Reden, wie denen des Sozialisten Jaurès...

„Welch wundervoller Redner! In seinen Reden ist alles und nichts... Mit dem Sozialismus geht es so ähnlich wie mit unserer russischen Orthodoxie: man treibt sie in die Enge, man drängt sie in ihre letzten Verschanzungen, man glaubt sie gefaßt zu haben, da dreht sie sich schroff um und sagt: ‚Aber nicht doch! Ich bin nicht die, die du glaubst, ich bin eine ganz andere.‘ Und sie entgleitet deiner Hand... Geduld! Die Zeit wird es machen. Es wird mit den sozialistischen Theorien sein wie mit den Damenmoden, die ungeheuer schnell ihren Weg aus dem Salon in das Vorzimmer nehmen.“

Wenn Tolstoi einen solch heftigen Krieg gegen die Liberalen und die Sozialisten führt, so geschieht es nicht etwa, um der Autokratie das Schlachtfeld zu überlassen; er will im Gegenteil, daß der Kampf zwischen der alten und der neuen Welt vollständig ausgetragen werde, nachdem man erst die störenden und gefährlichen Elemente aus der Kampfreihe entfernt habe. Denn auch er glaubt an die Revolution. Doch sein Revolutionsglaube ist ein anderer als der der Revolutionäre: er erinnert mehr an den Glauben eines mittelalterlichen Mystikers, der für morgen, ja für heute vielleicht schon, das Reich des Heiligen Geistes erwartet: „Ich glaube, daß genau zu dieser Stunde die große Revolution beginnt, die sich seit zweitausend Jahren in der Christenwelt vorbereitet, — die Revolution, die an Stelle des verfälschten Christentums und der daraus hergeleiteten Herrschaft das wahre Christentum setzen wird, die Grundlage für die Gleichheit unter den Menschen und die echte Freiheit, nach der alle vernunftbegabten Menschen streben.“

Und welche Stunde wählt er, dieser prophetische Seher, um die neue Ära des Glückes und der Liebe zu verkünden? Die düsterste Stunde Rußlands, die Stunde des Unheils und der Schande. Welch herrliche Macht des schöpferischen Glaubens! Alles um ihn ist Licht, — bis zur Nacht. Tolstoi erblickt im Untergang die Zeichen der Erneuerung: in den unglücklichen Schlachten des Krieges in der Mandschurei, in dem Zusammenbruch der russischen Heere, in der fürchterlichen Anarchie und dem blutigen Klassenkampf. Mit traumhafter Logik zieht er aus dem Sieg Japans den erstaunlichen Schluß, daß Rußland sich von jedwedem Krieg fernhalten muß; denn die nichtchristlichen Völker werden im Kriegsfalle immer im Vorteil sein gegenüber den christlichen Völkern, „die die Phase des knechtischen Gehorsams überschritten haben“. Bedeutet das eine Absage an sein Volk? — Nein, es ist höchster Stolz. Rußland soll sich von jedem Krieg fernhalten, weil es „die große Revolution“ durchführen muß.

„Die Revolution von 1905, die die Menschen von rohem Druck befreien wird, muß ihren Anfang in Rußland nehmen.“

Warum soll Rußland diese Rolle des auserwählten Volkes spielen? Weil die neue Revolution vor allem „das große Verbrechen“ gutmachen soll, die Monopolisierung des Bodens zum Nutzen von ein paar tausend reichen Leuten, die Sklaverei von Millionen Menschen, die grausamste aller Sklavereien. Und weil kein Volk sich dieses schreienden Unrechts so bewußt ist wie das russische.

Aber ganz besonders, weil das russische Volk unter allen Völkern dasjenige ist, welches am meisten vom wahren Christentum durchdrungen ist, und weil die kommende Revolution das Gebot der Einigkeit und der Liebe in Christi Namen verwirklichen soll. Und dieses Gebot der Liebe kann sich nicht erfüllen, wenn es sich nicht stützt auf das Gebot: Widerstrebet nicht dem Bösen. Und dieses Nichtwiderstreben (achten wir wohl darauf, wir, die wir zu Unrecht darin eine Utopie erblicken, an die nur Tolstoi und noch ein paar Schwärmer glauben) ist und war immer ein Grundzug des russischen Volkes.

„Das russische Volk hat in bezug auf die Gewalt immer eine ganz andere Stellung eingenommen als die anderen europäischen Völker. Nie hat es einen Kampf gegen die Gewalt eröffnet; es hat sogar nie an einem Kampf gegen sie teilgenommen, und infolgedessen hat es nie durch ihn besudelt werden können. Es hat die Gewalt als ein Übel betrachtet, dem man ausweichen muß. Die Mehrzahl der Russen hat immer lieber Gewalttätigkeiten erduldet, als daß sie ihnen Widerstand geleistet oder an ihnen teilgenommen hätte. Sie hat sich also immer unterworfen..."

Es war eine freiwillige Unterwerfung, die mit knechtischem Gehorsam nichts zu tun hat.

„Der wahre Christ kann sich unterwerfen, es ist ihm sogar unmöglich, sich nicht kampflos jeder Gewalt zu unterwerfen, aber gehorchen kann er ihr nicht, das heißt, er kann nicht ihre Gesetzmäßigkeit anerkennen."

In dem Augenblick, als Tolstoi diese Zeilen schrieb, stand er unter dem Eindruck eines der tragischsten Beispiele dieses heroischen Duldens eines Volkes, — der blutigen Manifestation vom 20. Januar 1905 in Petersburg, wo eine waffenlose Menge, vom Popen Gapon angeführt, sich niederschießen ließ, ohne einen Schrei des Hasses, ohne einen Finger zur Verteidigung zu rühren.

Seit langem verweigerten in Rußland die Altgläubigen, die man die Sektierer nannte, trotz allen Verfolgungen dem Staate den Gehorsam und lehnten es ab, die Gesetzmäßigkeit der Staatsgewalt anzuerkennen. Bei der Unsinnigkeit des russisch-japanischen Krieges konnte sich diese Geistesrichtung mühelos unter der Landbevölkerung Bahn brechen. Die Verweigerung des Militärdienstes nahm immer zu, und je grausamer man sie unterdrückte, um so stärker wuchs die Erbitterung. — Im übrigen hatten Provinzen, ganze Stämme, ohne Tolstoi zu kennen, das Beispiel unbedingter Gehorsamsverweigerung gegenüber dem Staat gegeben: die Duchoborzen des Kaukasus seit 1898 und die Georgier aus Gurien um 1905. Tolstoi wirkte weit geringer auf diese Bewegungen als sie auf ihn; und das Beste an seinen Schriften ist gerade, daß er, entgegen den Behauptungen der Schriftsteller von der Revolutionspartei, wie Gorki, die Stimme des altrussischen Volkes war.

Sein Verhalten den Menschen gegenüber, die die Grundsätze, zu denen er sich bekannte, mit Lebensgefahr in die Tat umsetzten, war sehr bescheiden und sehr würdig. Weder den Duchoborzen und den Guriern, noch den widerspenstigen Soldaten gegenüber spielt er sich als Lehrmeister auf.

„Wer keine Prüfung erduldet, kann den nichts lehren, der Prüfungen erduldet."

Er fleht alle die um Vergebung an, „die seine Worte und seine Schriften etwa in Leid gestürzt haben." Niemals fordert er jemand auf, den Militärdienst zu verweigern. Jeder soll sich selbst entscheiden. Wenn er mit einem zu tun hat, der unschlüssig ist, „rät er ihm stets, in den Heeresdienst einzutreten und den Gehorsam nicht zu verweigern, soweit es ihm nicht moralisch unmöglich ist". Denn wenn man unschlüssig ist, dann ist man noch nicht reif; und „es ist besser, es gibt einen Soldaten mehr als einen Heuchler oder einen Abtrünnigen, was bei denen der Fall ist, die sich Taten zumuten, die über ihre Kräfte gehen." Er mißtraut der Entschließung des widerspenstigen Gontscharenko. Er fürchtet, „daß dieser junge Mensch nur von Eigenliebe und Ruhmsucht getrieben sei und nicht von Gottesliebe". Den Duchoborzen schreibt er, sie sollten nicht aus Stolz und Selbstbewußtsein in ihrer Gehorsamsverweigerung verharren, sondern, „wenn sie dessen fähig seien, ihre schwachen Frauen und ihre Kinder von dem Leiden befreien. Niemand werde sie darum verdammen." Sie dürften sich nur dann widersetzen, „wenn der Geist Christi in ihnen verankert sei, weil sie dann glücklich sein würden über ihre Leiden." In jedem Falle bittet er die, die verfolgt werden, „um keinen Preis aufzuhören, ihre Verfolger wahrhaft zu lieben".

Man muß, wie er in einem schönen Brief an einen Freund sagt, Herodes lieben:

„Sie sagen: ‚Man kann Herodes nicht lieben.‘ — Ich weiß es nicht, aber ich fühle — und auch Sie fühlen, daß man ihn lieben muß. Ich weiß — und auch Sie wissen es, daß ich leide, wenn ich ihn nicht liebe.“

Es ist eine göttliche Reinheit, eine nie verlöschende Glut in dieser Liebe, die sich schließlich nicht einmal genug sein läßt an der Forderung des Evangeliums: „Liebe deinen Nächsten wie dich selbst“, weil sie darin noch einen Beigeschmack von Egoismus findet!

Nach der Ansicht mancher ist es eine allzu umfassende Liebe und so sehr von jedem menschlichen Egoismus befreit, daß sie sich in der Leere verliert! — Und trotzdem — wer hegt ein größeres Mißtrauen gegen die „abstrakte Liebe“ als Tolstoi?

„Die größte Sünde von heute ist die abstrakte Liebe der Menschen, die unpersönliche Liebe zu denen, die irgendwo im Weiten sind... Es ist so leicht, die Menschen zu lieben, die man nicht kennt, denen man nie begegnet! Man hat nicht nötig, irgendein Opfer zu bringen. Und dabei ist man so zufrieden mit sich! So prellt man das Gewissen. — Nein, den Nächsten soll man lieben, den, mit dem man zusammen lebt und der einem lästig ist.“

Ich lese in den meisten Arbeiten über Tolstoi, daß seine Philosophie und sein Glaube nicht originell seien. Es ist wahr: die Schönheit dieser Gedanken ist zu ewig, als daß sie jemals als Modeneuheit erscheinen könnte... Andere heben ihren utopistischen Charakter hervor. Auch das ist wahr: sie sind utopistisch wie das Evangelium. Ein Prophet ist ein Utopist; er lebt schon hienieden das ewige Leben. Und daß diese Erscheinung uns vergönnt war, daß wir in unserer Mitte den letzten der Propheten sehen durften, daß der größte unserer Dichter von diesem Glorienschein umgeben ist, — das ist, wie mir scheint, eine originellere Tatsache und von größerer Bedeutung für die Welt als eine Religion mehr oder eine neue Philosophie. Blind sind die, die das Wunder dieser großen Seele nicht sehen, dieser Verkörperung der Bruderliebe in einem haßerfüllten Volk und Jahrhundert.

Tolstois Antlitz hatte die Züge bekommen, die als endgültige im Gedächtnis der Menschen haften werden: die breite Stirn, von zwei Falten durchfurcht, die buschigen weißen Augenbrauen, den Patriarchenbart, der eine Erinnerung an den Moses von Dijon weckt. Das alte Gesicht ist milder, weicher geworden; in seiner innigen Güte trägt es die Spuren von Krankheit und Kummer. Wie hat es sich verändert gegen die fast tierische Brutalität des Zwanzigjährigen und die steifleinene Miene von Sewastopol! Aber die lichten Augen haben noch immer ihre tiefe und ruhige Klarheit, jene Geradheit des Blicks, der nichts verbirgt und dem nichts verborgen bleibt.

Neun Jahre vor seinem Tod sagte Tolstoi in der Antwort an den Heiligen Synod (17. April 1901):

„Ich bin es meinem Glauben schuldig, in Frieden und Freude zu leben und auch in Frieden und Freude dem Tode entgegenzugehen.“

Wenn ich das höre, denke ich an das alte Wort, „daß man niemand vor seinem Ende glücklich preisen soll“. Sind ihm dieser Friede und diese Freude, deren er sich damals rühmte, treu geblieben?

Die Hoffnungen, die man auf die „große Revolution“ von 1905 gesetzt hatte, waren verflogen. Am düsteren Gewitterhimmel hatte sich das ersehnte Licht nicht gezeigt. Den Zuckungen der Revolution folgte die Erschöpfung. An der alten Ungerechtigkeit hatte sich nichts geändert, es sei denn, daß das Elend noch größer geworden war. Schon im Jahre 1906 hat Tolstoi ein wenig sein Vertrauen in die Berufung des slawischen Volkes von Rußland verloren; und sein unumstößlicher Glaube sucht in der Ferne andere Völker, die er mit dieser Mission betrauen könnte. Er denkt an „das große und weise Chinesenvolk“. Er glaubt, „daß die Völker des Ostens berufen sind, jene Freiheit wiederzufinden, die die Völker des Westens fast unwiederbringlich verloren haben“, und daß China an der Spitze der Asiaten die Wandlung der Menschheit im Sinne des Tao, des ewigen Gesetzes, durchführen wird.

Die Hoffnung wurde schnell getäuscht: das China des Lao Tse und des Konfuzius verleugnet seine einstige Weisheit — wie es vor ihm schon Japan getan hatte —, und ahmt die Europäer nach. Die schwer verfolgten Duchoborzen sind nach Kanada ausgewandert und setzen dort sogleich, zu Tolstois Entrüstung, das Eigentum wieder in seine Rechte ein. Die Gurier, kaum vom Joch des Staates befreit, begeben sich daran, die zu töten, die anders denken als sie selber, und die herbeigerufenen russischen Truppen müssen wieder Ordnung schaffen. Selbst die Juden, „deren Vaterland bis jetzt das schönste war, das ein Mensch sich wünschen kann, — die Bibel", selbst diese verfallen der Krankheit des Zionismus, dieser sich national gebärdendenBewegung, „die Fleisch vom Fleische des zeitgenössischen Europäertums ist, sein rachitisches Kind".

Tolstoi ist betrübt, aber nicht entmutigt. Er vertraut auf Gott, er glaubt an die Zukunft:

„Das wäre herrlich, wenn man im Handumdrehen einen Wald wachsen lassen könnte. Leider ist das unmöglich; man muß warten, bis der Samen keimt, daß er Triebe, dann Blätter, dann den Stengel hervorbringt, der sich schließlich zum Baume entwickelt."

Aber erst viele Bäume machen einen Wald; und Tolstoi steht allein. Ruhmreich, aber allein. Man schreibt aus der ganzen Welt an ihn: aus den mohammedanischen Ländern, aus China, aus Japan, wo man die „Auferstehung" übersetzt, und wo sich seine Ideen über die „Zurückerstattung des Bodens an das Volk" ausbreiten. Die amerikanische Presse interviewt ihn; Franzosen befragen ihn über Kunstangelegenheiten oder über die Trennung von Staat und Kirche. Aber er hat noch keine dreihundert Schüler, und er leugnet es gar nicht. Im übrigen hat er sich nie darum bemüht, Schüler zu bekommen. Er verurteilt die Versuche seiner Freunde, Tolstoianer zu werden:

„Wir sollen nicht einer zum anderen streben, sondern alle zu Gott... Ihr sagt: ‚Zusammen ist es leichter...' — Was? — Ackern, mähen, ja. Aber Gott kann man sich nur allein nähern... Ich stelle mir die Welt als einen Riesentempel vor, in dem das Licht von oben und gerade in die Mitte fällt. Um sich zu vereinigen, müssen alle zum Lichte drängen. Dort werden wir alle, die wir von verschiedenen Seiten kommen, uns mit Menschen zusammenfinden, die wir nicht erwarteten: und darin liegt die Freude."

Wie viele mögen sich unter diesem Lichtstreif zusammengefunden haben? — Gleichviel! Es genügt, daß einer sich dort mit Gott zusammenfindet.

„Ebenso wie nur ein Stoff, der selbst brennt, das Feuer anderen Stoffen mitteilen kann, ebenso können nur der wahrhafte Glaube und das wahrhafte Leben eines Menschen sich anderen Menschen mitteilen und die Wahrheit verbreiten."

Vielleicht; aber bis zu welchem Grad hat dieser einsame Glaube Tolstoi das Glück sichern können? — Wie weit entfernt ist er in seinen letzten Lebenstagen von der heiteren Ruhe eines Goethe! Man möchte fast sagen, er flieht sie, sie ist ihm unsympathisch.

„Man muß Gott dafür danken, wenn man unzufrieden mit sich ist. Könnte man es nur immer sein! Der Mißklang, den das Leben, wie es ist, mit dem Leben, wie es sein sollte, hervorbringt, ist gerade das Wahrzeichen des Lebens, die Bewegung, die vom Kleinsten zum Größten, vom Schlimmsten zum Besten hinaufführt. Und dieser Mißklang ist die Bedingung für das Gute. Es ist vom Übel, wenn der Mensch ruhig und mit sich selbst zufrieden ist."

Und er ersinnt jenen Romanstoff, der in erstaunlicher Weise zeigt, daß die ewige Unruhe eines Lewin oder eines Peter Besukow in ihm nicht erstorben war.

„Ich stelle mir oft einen in den revolutionären Kreisen erzogenen Menschen vor, der erst Revolutionär, dann Sozialist, Orthodoxer, Mönch auf dem Berge Athos, nachher Atheist, guter Familienvater und schließlich Duchoborze ist. Er fängt alles an und gibt alles immer wieder auf. Die Menschen machen sich über ihn lustig, er hat nichts vollbracht und stirbt vergessen in einem Asyl. Noch im Sterben denkt er, daß er sein Leben verpfuscht hat. Und doch ist er ein Heiliger."

Hegte er also immer noch Zweifel, er, der so voll seines Glaubens war? — Wer weiß es? Bei einem Mann, der bis ins höchste Alter kräftig an Körper und Geist geblieben war, konnte das Leben nicht plötzlich bei irgendeinem Gedankengang haltmachen. Es mußte weiter voran.

„Bewegung ist Leben."

Gar viel mußte sich im Laufe der letzten Jahre in ihm geändert haben. War er nicht auch in der Beurteilung der Revolutionäre milder geworden? Wer kann sagen, ob nicht sogar sein Glaube an das Nichtwiderstreben gegen das Böse ein wenig erschüttert worden war? Schon in der „Auferstehung" ändern Nekludows Beziehungen zu den wegen politischer Verbrechen Verurteilten seine Ansichten über die russische Revolutionspartei vollständig.

„Bis dahin hegte er Abscheu gegen ihre Grausamkeit, ihre verbrecherische Verstellungskunst, ihre Mordanschläge, ihre Anmaßung, ihre Selbstzufriedenheit, ihre unerträgliche Eitelkeit. Aber nun, da er sie aus der Nähe sieht, da er sieht, wie sie von den Machthabern behandelt werden, begreift er, daß sie nicht anders sein können."

Und er bewundert ihre hohe Auffassung von der Pflicht, die das ganze Opfer fordert.

Aber seit 1900 hatte sich die revolutionäre Woge ausgebreitet; ausgegangen von den Intellektuellen, hatte sie nun auch das Volk ergriffen und brachte Tausende von Unglücklichen in blinden Aufruhr. Die Vorhut ihres dräuenden Heeres zog in Jasnaja Poljana unter Tolstois Fenstern vorbei. Drei Geschichten, die der „Mercure de France" veröffentlichte und die zu den letzten Seiten zählen, die Tolstoi schrieb, lassen den Schmerz und Kummer ahnen, den dieses Schauspiel ihm bereitete. Wo war die Zeit hin, da fromme Pilger einfältigen Geistes die Gegend von Tula durchzogen? Jetzt war es eine Überschwemmung von umhergetriebenen Hungerleidern. Jeden Tag kommen welche. Tolstoi spricht mit ihnen und ist betroffen von dem Haß, der sie bewegt; sie sehen nicht, wie einst, in den Reichen „Leute, die, um ihr Seelenheil zu retten, Almosen austeilen, sondern Räuber, Schurken, die dem arbeitenden Volk das Blut aussaugen." Viele von ihnen sind heruntergekommene gebildete Leute am Rande der Verzweiflung, die den Menschen zu allem fähig macht.

„Nicht in den Wüsten und den Wäldern, sondern in den Winkeln der Städte und auf den breiten Heerstraßen werden die Barbaren großgezogen, die aus der modernen Zivilisation das machen werden, was die Hunnen und Vandalen aus der alten gemacht haben."

So sprach Henry George. Und Tolstoi fügt hinzu:

„Die Vandalen sind schon bereit in Rußland, und sie werden besonders schrecklich sein für unser tiefreligiöses Volk, weil wir nicht die Hemmungen kennen, die bei den europäischen Völkern so stark ausgebildet sind: die Konvention und die öffentliche Meinung."

Tolstoi bekam von diesen Revolutionären häufig Briefe, in denen sie gegen seine Lehren vom Nichtwiderstreben Einspruch erhoben und sagten, daß man auf all das Böse, das die Regierenden und die Reichen dem Volk antäten, nur antworten könne: „Rache! Rache! Rache!" — Verdammt Tolstoi sie noch? Man weiß es nicht. Aber als er einige Tage später sieht, wie in seinem Dorf den jammernden Armen ihr Samowar und ihre Schafe vor den Augen der gleichgültigen Behörden abgenommen werden, kann auch er nicht anders, und er ruft Rache den Henkern, „diesen Ministern und ihren Helfershelfern, die mit Branntwein handeln, die Menschen das Morden lehren, zu Verbannung, Gefängnis, Zuchthaus oder zum Strick verurteilen, — diesen Leuten, die vollständig überzeugt sind, daß der Erlös aus den Samowaren, den Schafen, den Kälbern und der Leinwand, die man den Beklagenswerten wegnimmt, am besten verwandt wird zum Brennen von Branntwein, der das Volk vergiftet, zur Fabrikation von Mordwaffen, zum Bau von Gefängnissen, Zuchthäusern und besonders zu Gehaltszahlungen an ihre Gehilfen und an sie selbst."

Es ist traurig, wenn man sein ganzes Leben der Erwartung und Verkündigung des Reiches der Liebe gewidmet hat, seine Augen inmitten solch bedrohlicher Erscheinungen schließen zu müssen und davon verdüstert zu werden. — Es ist um so trauriger, wenn man das unbestechliche Gewissen eines Tolstoi hat, sich sagen zu müssen, daß man sein Leben nicht vollständig mit seinen Grundsätzen in Einklang gebracht hat.

Hier berühren wir die empfindlichste Stelle seiner letzten Jahre — soll man sagen, seiner letzten dreißig Jahre? —, und wir dürfen nur mit ehrfürchtiger und scheuer Hand darüber hinstreichen; denn dieser Schmerz, den Tolstoi geheimzuhalten trachtete, betrifft nicht nur ihn, der bereits tot ist, sondern auch andere, die noch leben, die er liebte, und die ihn lieben.

Es war ihm nicht gelungen, seinen Glauben denen mitzuteilen, die ihm die Teuersten waren: seiner Frau und seinen Kindern. Man hat gesehen, wie seine treue Gefährtin, die mutig sein Leben und seine künstlerischen Arbeiten mit ihm teilte, darunter litt, daß er seinen Glauben an die Kunst abgeschworen hatte, um eines anderen moralischen Glaubens willen, den sie nicht begriff. Tolstoi litt nicht weniger darunter, sich von seiner besten Freundin unverstanden zu fühlen.

„Ich fühle mit meinem ganzen Sein," schrieb er an Teneromo, „die Wahrheit der Worte, daß Mann und Frau nicht zwei getrennte Wesen, sondern nur eines sind. Mein glühendster Wunsch ist, auf meine Frau nur etwas von jenem religiösen Bewußtsein übertragen zu können, das mich befähigt, mich zu Zeiten über das Weh des Lebens hinauszuheben. Ich hoffe, daß es auf sie übertragen wird, wenn auch zweifellos nicht durch mich, so durch Gott, obgleich jenes Bewußtsein für Frauen kaum zu erlangen sein dürfte."

Es scheint nicht, als ob dieser Wunsch Erhörung gefunden hätte. Die Gräfin Tolstoi bewunderte und liebte die Herzensreinheit, das stille Heldentum, die Güte dieser großen Seele, die mit ihr nur ein Wesen bildete; sie sah, daß er „vor der Menge einherzog und den Weg wies, den die Menschen gehen sollten". Als der Heilige Synod ihn exkommunizierte, übernahm sie tapfer seine Verteidigung und beanspruchte ihr Teil an der Gefahr, die ihn bedrohte. Aber sie konnte nicht so tun, als ob sie etwas glaube, was sie tatsächlich nicht glaubte; und Tolstoi war zu ehrlich, als daß er sie zum Heucheln gezwungen hätte, er, dem das Heucheln von Glaube und Liebe noch verhaßter war, als die Ablehnung von Glaube und Liebe. Wie hätte er also sie, die nicht glaubte, zwingen können, ihre Lebensweise zu ändern und ihr und ihrer Kinder Vermögen zum Opfer zu bringen?

Die Unstimmigkeit mit seinen Kindern war noch größer. Leroy-Beaulieu, der Tolstoi in Jasnaja Poljana im Familienkreis sah, sagt, daß „bei Tische, wenn Tolstoi sprach, seine Söhne nur schlecht verbargen, wie sehr des Vaters Worte sie langweilten, und daß sie Zweifel in ihre Wahrheit setzten". Sein Glaube hatte nur auf zwei oder drei seiner Töchter, von denen die eine, Marie, gestorben war, einen flüchtigen Eindruck gemacht. Er stand allein unter den Seinen. „Außer seiner jüngsten Tochter und seinem Arzt" verstand ihn kaum jemand.

Er litt unter dieser inneren Entfremdung, er litt unter den gesellschaftlichen Beziehungen, die man ihm aufzwang, unter diesen langweiligen Gästen, die aus der ganzen Welt zu ihm kamen, unter den Besuchen von Amerikanern und Snobs, die ihm lästig waren; er litt unter dem „Luxus", in dem zu leben ihn seine Familie zwang. Es war ein recht bescheidener Luxus, wenn man denen glauben darf, die ihn in seinem einfachen Haus mit der fast puritanischen Einrichtung gesehen haben, in seinem kleinen Zimmer mit einem eisernen Bett, armseligen Stühlen und nackten Wänden! Aber dieser „Komfort" bedrückte ihn: es war ihm ein immerwährender Vorwurf. In dem zweiten der Berichte, die er im „Mercure de France" veröffentlichte, stellt er voll Bitterkeit den Anblick des Elends in seiner Umgebung dem des Luxus in seinem eigenen Hause gegenüber.

„So nutzbringend meine Tätigkeit manchen Menschen auch erscheinen mag," schrieb er schon 1903, „so verliert sie doch den größten Teil ihrer Bedeutung, weil mein Leben nicht vollständig mit meinen Lehren in Übereinstimmung gebracht ist".

Warum hat er dann diese Übereinstimmung nicht herbeigeführt? Wenn er die Seinen nicht zwingen konnte, sich von der großen Welt loszusagen, warum hat er sich nicht von ihnen und ihrer Lebensweise losgesagt, — um so dem Spott und dem Vorwurf der Heuchelei zu entgehen, die ihm seine Feinde entgegenschleuderten, die sich nur allzu gern auf sein eigenes Beispiel beriefen, wenn sie seine Lehre verwarfen?

Er hatte daran gedacht. Seit langem war sein Entschluß gefaßt. Unter seinen hinterlassenen Papieren hat sich ein wundervoller Brief gefunden, den er am 8. Juni 1897 an seine Frau geschrieben hat. Man muß ihn fast vollständig wiedergeben; denn nichts offenbart besser das Geheimnis dieser liebevollen, schmerzerfüllten Seele:

„Seit langem, liebe Sofie, leide ich unter dem Mißverhältnis zwischen meinem Leben und meinem Glauben. Ich kann Euch nicht zwingen, Eure Lebensweise und Eure Gewohnheiten zu ändern. Genau so wenig gelang es mir bis heute, Euch zu verlassen; denn ich wagte nicht, die Kinder bei ihrer großen Jugend des kleinen Einflusses zu berauben, den ich auf sie haben könnte, und Euch allen großen Kummer zu bereiten. Aber ich kann nicht so weiterleben, wie ich während der letzten sechzehn Jahre gelebt habe, bald im Widerstreit mit Euch und Euch dauernd aufreizend, bald den Einflüssen, an die ich gewöhnt bin, und den Versuchungen, die mich umlauern, erliegend. Ich habe beschlossen, jetzt das zu tun, was ich seit langem tun wollte: wegzugehen... Wie die Inder sich allein in den Wald zurückziehen, wenn sie die Sechzig erreicht haben, wie jeder betagte fromme Mann die letzten Jahre seines Lebens Gott zu widmen und sie nicht an Scherz, Geschwätz und Spiel zu vergeuden wünscht, so ersehne ich, der ich das siebzigste Lebensjahr erreicht habe, mit aller Kraft meiner Seele Ruhe und Einsamkeit und wenn auch keine vollständige Übereinstimmung, so doch zum wenigsten nicht diesen schreienden Mißklang zwischen meinem Leben und meinem Gewissen. Wenn ich ganz offen weggegangen wäre, hätte es Bitten und Auseinandersetzungen gegeben, ich wäre weich geworden und hätte vielleicht meinen Entschluß nicht zur Ausführung gebracht, während er doch ausgeführt werden muß. Ich bitte Euch deshalb, mir zu verzeihen, wenn mein Tun Euch Kummer bereitet. Und besonders Du, Sofie, laß mich gehen, suche mich nicht, sei mir nicht gram und tadle mich nicht. Die Tatsache, daß ich Dich verlassen habe, bedeutet nicht, daß ich einen Vorwurf gegen Dich erhebe ... Ich weiß, daß Du nicht anders konntest. Du konntest nicht sehen und nicht denken wie ich; deshalb vermochtest Du auch nicht, Dein Leben zu ändern und es einer Sache aufzuopfern, die Du nicht anerkennst. Darum tadle ich Dich auch nicht; ich gedenke vielmehr in Liebe und Dankbarkeit der fünfunddreißig langen Jahre unseres gemeinsamen Lebens und besonders der ersten Hälfte dieser Zeit, da Du mit dem Mut und der Hingebung Deiner mütterlichen Natur tapfer ertrugst, was Du als Deine Mission ansahst. Du hast mir und der Welt gegeben, was Du geben konntest. Du hast viel mütterliche Liebe gegeben und große Opfer gebracht... Aber in den letzten fünfzehn Jahren unseres Lebens haben sich unsere Wege getrennt. Ich kann mir nicht denken, daß ich schuld daran bin; ich weiß, wenn ich mich geändert habe, so war es nicht um Deinetwillen und nicht um der Welt willen, sondern weil ich nicht anders konnte. Ich kann Dich nicht anklagen, daß Du mir nicht gefolgt bist, und ich danke Dir und werde mich stets mit Liebe dessen erinnern, was Du mir gegeben hast. — Lebe wohl, meine liebe Sofie. Ich habe Dich lieb."

„Die Tatsache, daß ich Dich verlassen habe..." Er verließ sie nicht. — Armer Brief! Es scheint, daß es Tolstoi genügte, ihn zu schreiben, um seinen Entschluß schon als ausgeführt zu betrachten... Nachdem er ihn geschrieben hatte, war schon seine ganze Entschlußkraft erschöpft. — „Wenn ich ganz offen weggegangen wäre, hätte es Bitten und Auseinandersetzungen gegeben, ich wäre weich geworden..." Es brauchte keine „Bitten", keine „Auseinandersetzungen", es genügte ihm, einen Augenblick später diejenigen zu sehen, die er verlassen wollte, und er fühlte, daß er sie mit dem besten Willen nicht verlassen konnte; den Brief, den er in seiner Tasche hatte, vergrub er unter seine Papiere mit der Aufschrift:

„Meiner Frau, Sofie Andrejewna, nach meinem Tode zu übergeben."

Und damit war sein Fluchtplan erledigt. War das seine Stärke? War er nicht imstande, seine Liebe seinem Gott zum Opfer zu bringen? Sicherlich fehlt es in den christlichen Chroniken nicht an Heiligen mit stärkerem Herzen, die niemals zögerten, ihre und der anderen Liebe unerschrocken mit Füßen zu treten... Nun, er war jedenfalls nicht von dieser Art. Er war schwach. Er war Mensch. Und eben darum lieben wir ihn.

Schon mehr als fünfzehn Jahre vorher legte er sich die schmerzvoll verzweifelte Frage vor:

„Sag an, Leo Tolstoi, lebst du nach den Grundsätzen, die du predigst?"

Und demütig antwortete er:

„Ich sterbe vor Scham, ich bin schuldig, ich verdiene Verachtung... Und trotzdem, vergleicht mein ehemaliges Leben mit meinem jetzigen! Dann werdet ihr sehen, daß ich nach dem göttlichen Gesetz zu leben trachte. Ich habe nicht den tausendsten Teil von dem getan, was not tut, und ich schäme mich dessen, aber ich habe es nicht unterlassen, weil ich es nicht gewollt, sondern weil ich es nicht gekonnt habe... Klagt mich an, aber klagt den Weg nicht an, dem ich folge. Wenn ich die Straße kenne, die mich nach Hause führt, und wenn ich ihr taumelnd wie ein Trunkener folge, ist damit gesagt, daß die Straße schlecht ist? Oder zeigt mir eine andere, oder stützt mich auf der richtigen Straße, so wie ich willens bin, euch zu stützen. Aber stoßt mich nicht von euch, ergötzt euch nicht an meiner Verzweiflung, ruft nicht voller Begeisterung aus: ‚Seht! Er sagt, daß er nach Hause geht, und er fällt in den Morast!' Nein, ergötzt euch nicht, sondern helft mir, stützt mich! ... Helft mir! Mein Herz blutet aus Verzweiflung darüber, daß wir uns alle verirrt haben; und wenn ich mich aus allen Kräften bemühe, um mich herauszufinden, deutet ihr, statt Mitleid mit mir zu haben, mit dem Finger auf mich und ruft: ‚Seht, er fällt mit uns in den Morast!'."

Dann, als er dem Tode näher war, wiederholte er:

„Ich bin kein Heiliger, ich habe mich nie für einen ausgegeben. Ich bin ein Mensch, der sich mitreißen läßt und der manchmal nicht alles sagt, was er denkt und fühlt; nicht, weil er es nicht will, sondern weil er es nicht kann, weil ihm oft Übertreibungen und Irrtumer unterlaufen. Mit meinem Tun ist es noch schlimmer. Ich bin ein durchaus schwacher Mensch mit lasterhaften Gewohnheiten, der Gott in Wahrheit dienen will, der aber immer wieder strauchelt. Wenn man mich für einen Menschen hält, der sich nicht irren kann, dann muß jedes meiner Vergehen als Lüge oder Heuchelei erscheinen. Aber wenn man mich für einen schwachen Menschen hält, dann erscheine ich als das, was ich in Wirklichkeit bin: ein bemitleidenswertes aber ehrliches Wesen, das immer und von ganzem Herzen gewünscht hat und weiter wünscht, ein guter Mensch, ein guter Diener Gottes zu werden."

So blieb er, von Gewissensbissen verfolgt, gequält durch die stummen Vorwürfe von Anhängern, die energischer und weniger menschlich waren als er, gepeinigt durch seine Schwäche und seine Unschlüssigkeit, hin- und hergezerrt zwischen der Liebe zu den Seinen und der Liebe zu Gott, — bis zu dem Tage, wo ihn die Verzweiflung und vielleicht auch der heiße Fieberhauch, der beim Nahen des Todes spürbar wird, aus dem Hause auf die Landstraße trieben. Er floh und irrte umher, klopfte an Klostertüren, zog seines Weges weiter und blieb schließlich in einem unbekannten kleinen Ort liegen, um nicht mehr aufzustehen. Und auf seinem Totenbette weinte er nicht über sich, sondern über die Unglücklichen. Und unter Schluchzen sagte er:

„Es gibt auf Erden Millionen Menschen, die leiden; warum befaßt ihr alle euch gerade mit mir allein?"

Und dann kam er — es war Sonntag, den 20. November 1910, kurz nach 6 Uhr morgens —, „der Erlöser", wie er ihn nannte, „der Tod, der gesegnete Tod..."

Der Kampf war zu Ende, der zweiundachtzigjährige Kampf, dessen Schauplatz dieses Leben gewesen war. Ein Leben, gemischt aus Tragik und Ruhm, an dem alle Daseinskräfte, alle Laster und alle Tugenden, Anteil hatten. — Alle Laster, ausgenommen ein einziges, die Lüge; denn sie verfolgte er unaufhaltsam und spürte sie in ihren verborgensten Schlupfwinkeln auf.

Zuerst der Freiheitsrausch, die aufeinanderprallenden Leidenschaften in der stürmischen Nacht, die nur hier und da blendende Blitze erhellen, Liebe und Verzückung, Offenbarungen des Ewigen. Jahre im Kaukasus, vor Sewastopol, Jahre gährender und unruhiger Jugend... Dann die wohltätige Besänftigung der ersten Ehejahre. Das Glücklichsein in der Liebe, der Kunst und der Natur, — „Krieg und Frieden." Höhepunkt des Genies, das den ganzen menschlichen Gesichtskreis und das Schauspiel dieser Kämpfe, die seelisch schon der Vergangenheit angehörten, meistert. Er ist ihr Herr; und schon genügen sie ihm nicht mehr. Wie Fürst Andrej hebt er seine Augen zu dem grenzenlosen Himmel, der über Austerlitz leuchtet. Dieser Himmel zieht ihn an:

„Es gibt Menschen mit mächtigen Schwingen, die die Begierde zwingt, inmitten der Menge zu landen, wo ihre Schwingen zerbrechen: solch einer bin ich. Dann schlägt man mit seinem gebrochenen Flügel, schwingt sich mit Macht wieder auf und fällt von neuem herab. Aber die Flügel heilen wieder. Ich werde sehr hoch fliegen. Gott stehe mir bei!"

Diese Worte sind im schrecklichsten Aufruhr geschrieben, dessen Niederschlag und Echo die „Beichte" ist. Tolstoi wurde mehr als einmal mit zerbrochenen Schwingen zu Boden geschleudert. Und immer wieder läßt er nicht nach und steigt wieder auf. Nun schwebt er dahin in dem „unermeßlichen, unergründlichen Himmel" mit seinen beiden großen Schwingen, dem Glauben und der Vernunft. Aber die ersehnte Ruhe findet er darin nicht. Der Himmel ist nicht außerhalb unser, der Himmel ist in uns. Tolstoi läßt auch hier seinen stürmischen Leidenschaften freien Lauf. Hierin unterscheidet er sich von den entsagenden Aposteln; er ging mit derselben Inbrunst ans Entsagen, mit der er ans Leben heranging. Und immer ist es das Leben, das er mit dem Ungestüm eines Liebhabers umfängt. Er ist „lebenstoll". Er ist „lebenstrunken". Er kann nicht leben ohne diesen Rausch. Berauscht von Glück und Unglück zu gleicher Zeit. Berauscht vom Tod und von der Unsterblichkeit. Sein Verzicht auf das irdische Dasein ist nur ein wild leidenschaftlicher Schrei nach dem ewigen Leben. Nein, der Friede, den er erlangt, der Seelenfriede, den er herbeiwünscht, ist nicht der Friede des Todes. Es ist der Friede jener brennenden Welten, die in den unendlichen Räumen kreisen. Sein Zorn ist ruhig, und seine Ruhe ist Leidenschaft. Der Glaube hat ihm neue Waffen geliefert, um unversöhnlich den Kampf wieder aufzunehmen, den er seit seinen ersten Werken ohne Unterlaß gegen die Lügen der zeitgenössischen Gesellschaft führte. Er begnügt sich nicht mehr mit ein paar typischen Romanfiguren, er zieht zu Felde gegen alle die großen Götzen: die Heucheleien der Religion, des Staates, der Wissenschaft, der Kunst, des Liberalismus, des Sozialismus, der Volksbildung, der Wohltätigkeit, des Pazifismus... Er geißelt sie, er verfolgt sie aufs eifrigste.

Die Welt sieht von Zeit zu Zeit die Erscheinung solch erregter Geister, die, wie Johannes der Täufer, einen Bannfluch gegen die Sittenverderbnis schleudern. Die letzte dieser Erscheinungen ist Rousseau gewesen. Durch seine Liebe zur Natur, seinen Haß auf die moderne Gesellschaft, seine äußerste Bedürfnislosigkeit, seine inbrünstige Verehrung des Evangeliums und der christlichen Moral ist Rousseau ein Vorbote Tolstois, der sich auch auf ihn berief: „Manche seiner Worte gehen mir zu Herzen," sagte er, „ich könnte glauben, sie selbst geschrieben zu haben".

Aber was für ein Unterschied zwischen diesen beiden Seelen, und um wieviel ist die Tolstois von reinerem Christentum! Welcher Mangel an Demut, welche pharisäische Anmaßung verrät der vermessene Ausruf in den „Bekenntnissen" des Genfers:

„Du Ewiger! Einer soll dir zu sagen wagen: Ich war besser als dieser Mann!"

Oder in jenem Fehdebrief an die Welt:

„Ich erkläre es laut und furchtlos: wer immer mich für einen unredlichen Menschen hält, verdient selbst erdrosselt zu werden."

Tolstoi weinte blutige Tränen über die „Verbrechen" seines vergangenen Lebens:

„Ich leide Höllenqualen. Ich erinnere mich aller meiner begangenen Niederträchtigkeiten, und diese Erinnerungen verlassen mich nicht, sie vergiften mein Leben. Gewöhnlich bedauert man, daß man sich nicht über den Tod hinaus an Vergangenes erinnert. Welch ein Glück, daß es so ist! Wie schrecklich wäre es, wenn ich mich in dem anderen Leben all des Bösen erinnern müßte, das ich hienieden beging!..."

Er hat nicht, wie Rousseau, seine „Bekenntnisse" geschrieben, weil er, wie dieser sagte, „im Bewußtsein, daß das Gute das Schlechte überwiege, guten Grund hatte, alles zu sagen". Tolstoi verzichtet nach einem vergeblichen Versuch darauf, seine Erinnerungen zu schreiben. Die Feder entsinkt seiner Hand. Er will nicht Gegenstand des Ärgernisses sein für die, die es lesen werden:

„Die Leute würden sagen: ‚Das ist also der Mann, den viele so hoch stellen! Und was für ein Feigling war er! Demnach befiehlt Gott selbst uns einfachen Sterblichen, feige zu sein'."

Niemals hat Rousseau aus dem christlichen Glauben heraus diese schöne schamhafte Demut gekannt, die dem alten Tolstoi eine solch unsagbare Güte verleiht. Hinter Rousseau, als Umrahmung seines Denkmals auf der Schwaneninsel, sieht man Genf, das Rom Calvins. In Tolstoi findet man die Pilger, die „Einfältigen" wieder, deren naive Bekenntnisse und Tränen seine Kinderjahre bewegt hatten.

Aber weit mehr noch als der Kampf gegen die Welt, der ihm mit Rousseau gemeinsam ist, erfüllte ein anderer Kampf die letzten dreißig Jahre von Tolstois Leben. Ein herrlicher Kampf zwischen den beiden hehrsten Mächten in seiner Seele: der Wahrheit und der Liebe.

Die Wahrheit, — „dieser Blick, der bis ins Herz geht", — das durchdringende Licht dieser grauen Augen, die einen durchbohren... sie war sein ältester Glaube, die Beherrscherin seiner Kunst.

„Die Heldin meiner Schriften, sie, die ich mit der ganzen Kraft meiner Seele liebe, sie, die immer schön war, ist und sein wird, sie ist die Wahrheit."

Die Wahrheit war das einzige Strandgut, das er nach dem Tode seines Bruders aus dem Schiffbruch rettete, der Angelpunkt seines Lebens, der Fels im Meere.

Aber bald hatte ihm „die schreckliche Wahrheit" nicht mehr genügt. Die Liebe hatte sie verdrängt. Sie war der lebendige Quell seiner Kinderjahre, „der natürliche Zustand seiner Seele". Als im Jahre 1880 der moralische Umschwung kam, sagte er sich nicht von der Wahrheit los, sondern er suchte sie mit der Liebe zu verschmelzen.

Die Liebe ist „die Grundlage der Willenskraft". Die Liebe ist „der Zweck des Lebens", der einzige neben der Schönheit. Die Liebe ist das Wesen des vom Leben gereiften Tolstoi, des Verfassers von „Krieg und Frieden" und des Briefes an den Heiligen Synod.

Diese Durchdringung der Wahrheit mit der Liebe macht den einzigartigen Wert der Hauptwerke aus, die er in seines Lebens Mitte — nel mezzo del cammin — schrieb, und unterscheidet seinen Realismus von dem Realismus eines Flaubert. Dieser setzt seinen Ehrgeiz darein, seine Gestalten nicht zu lieben. So groß er auf diese Weise auch sein mag, ihm fehlt das „Fiat lux!" Das Licht der Sonne genügt nicht, das Licht des Herzens tut not. Tolstois Realismus verkörpert sich in jeder seiner Gestalten, und indem er sie mit ihren Augen sieht, findet er in der geringsten von ihnen

Gründe, sie zu lieben und uns die Bande empfinden zu lassen, die uns mit allen brüderlich vereinen. Durch die Liebe dringt er bis zu den Wurzeln des Lebens.

Aber es ist schwierig, diese Verbindung aufrechtzuerhalten. Es gibt Stunden, in denen das Spiel des Lebens und seine Leiden so bitter sind, daß sie der Liebe gleichsam den Kampf ansagen, und daß man, um sie zu retten, um seinen Glauben zu retten, sie so hoch über alles Menschliche erheben muß, daß sie Gefahr läuft, jede Verbindung mit der Welt zu verlieren. Und was soll der tun, dem vom Schicksal die wunderbare und unselige Gabe zuteil wurde, die Wahrheit zu sehen, sie sehen zu müssen? Wer kann sagen, wie sehr Tolstoi in seinen letzten Lebensjahren gelitten hat unter dem unaufhörlichen Widerstreit zwischen seinen unerbittlichen Augen, die den Schrecken der Wirklichkeit sahen, und seinem empfindsamen Herzen, das unentwegt die Liebe bejahte und ihrer harrte!

Wir alle haben diese tragischen Konflikte kennengelernt. Wie oft waren wir vor die Entscheidung gestellt, nicht zu sehen oder zu hassen! Und wie oft mag einen Künstler, — einen Künstler, würdig dieser Bezeichnung, einen Schriftsteller, der die herrliche und furchtbare Macht des geschriebenen Wortes kennt, — wie oft mag ihn Bangigkeit beschlichen haben im Augenblick, da er diese oder jene Wahrheit niederschrieb! Diese gesunde und männliche Wahrheit, die inmitten der modernen Lügen, der Lügen der Zivilisation, so notwendig ist, diese Wahrheit, die zum Leben so unentbehrlich zu sein scheint, wie die Luft, die man einatmet... Und dann merkt man, daß so viele Lungen diese Luft nicht vertragen können, so viele durch die Zivilisation geschwächte oder einfach durch die Güte ihres Herzens schwach gewordene Menschen. Soll man keine Rücksicht darauf nehmen und ihnen diese tödliche Wahrheit unbedenklich ins Gesicht schleudern? Gibt es nicht eine höhere Wahrheit, die, wie Tolstoi sagt, „zur Liebe bereit ist"? — Aber kann man wohl darein willigen, die Menschen mit tröstlichen Lügen einzulullen, wie Peer Gynt seine sterbende alte Mutter mit seinen Märchen einschläfert?... Die Gesellschaft steht immer vor dem Dilemma: Wahrheit oder Liebe. Gewöhnlich entscheidet sie sich dahin, Wahrheit und Liebe zugleich zu opfern.

Nie hat Tolstoi einen seiner beiden Glauben verraten. In den Werken aus seiner Reifezeit weist die Liebe der Wahrheit den Weg. In den Werken der letzten Jahre senkt sich ein Licht von oben, ein Strahl der Gnade auf das Leben, ohne sich aber damit zu vermischen. Man hat es in der „Auferstehung" gesehen, wo der Glaube die Wirklichkeit beherrscht, sie aber nicht durchdringt. Dieselben Menschen, die Tolstoi jedesmal, wenn er sie einzeln sieht, als sehr schwach und mittelmäßig schildert, erhalten für ihn, wenn er an sie als ein Ganzes denkt, einen Zug von göttlicher Heiligkeit. — In seinem täglichen Leben trat derselbe Widerspruch zutage wie in seiner Kunst, nur noch schroffer. Wenn er auch noch so gut wußte, was die Liebe von ihm forderte, so handelte er doch anders; er lebte nicht, wie es Gott gefiel, er lebte, wie es der Welt gefiel. Wo sollte er die Liebe fassen? Wie sollte er zwischen ihren verschiedenen Gesichtern und ihren widerspruchsvollen Forderungen unterscheiden? Galt es die Liebe zu seiner Familie, oder die Liebe zu allen Menschen?... Bis zum letzten Tag schlug er sich mit diesen Zweifeln herum.

Wo ist die Lösung? — Er hat sie nicht gefunden. Überlassen wir das Recht, deshalb mit Verachtung über ihn zu urteilen, den hochfahrenden Intellektuellen. Sie haben gewiß die Lösung gefunden, sie haben die Wahrheit, und sie stützen sich mit Sicherheit auf sie. Für sie war Tolstoi ein empfindsamer Schwächling, der ihnen nicht als Vorbild dienen kann. Zweifellos ist er kein Vorbild, dem sie nacheifern können; dazu sind sie nicht lebendig genug. Tolstoi gehört nicht zu jenen eitlen Auserwählten, er gehört keiner Kirche an, — weder der der Schriftgelehrten, wie er sie nannte, noch der der Pharisäer vom einen oder vom anderen Glauben. Er ist der vollkommenste Typus des freien Christen, der sein Leben lang einem Ideal zustrebt, ohne ihm je näher zu .

Tolstoi redet nicht zu der geistigen Auslese, er redet zu den gewöhnlichen Menschen — hominibus bonae voluntatis. — Er ist unser Gewissen. Er spricht aus, was wir

Durchschnittsmenschen alle denken, und was wir nur nicht in uns zu lesen wagen. Und er ist uns kein hochmütiger Lehrmeister, keiner jener hoheitsvollen Geisteshelden, die in ihrer Kunst und ihrer Weisheit über der Menschheit thronen. Er ist — wie er sich selbst gern in seinen Briefen mit diesem schönsten und innigsten Namen bezeichnete — „unser Bruder".

Ende